河出文庫

古典新訳コレクション

更級日記

江國香織 訳

kawade bunko

河出書房新社

目次

更級《さらしな》日記

旅

有名な歌にでてくる〝あずま路の道の果て〟よりも、さらにもっと田舎《いなか》で育ってしまった娘、それが私だ。洗練からは程遠かったはずなのに、いったい何を考えたのか、世のなかに物語というものがあることを知り、どうしてもそれを読んでみたいと思いつめてしまった。することもなくて退屈な昼間や、夕方から夜遅くまで家族が集まって過ごす〝宵居《よいい》〟のときなんかに、姉や継母《ままはは》といった周囲の人たちが、いろいろな物語のことを——たとえば光源氏がどんなふうかとか——話すのを聞くと、知りたい気持ちがますますつのり、それなのに、誰一人、私が納得するほどはっきり暗記してくれていないし、上手に語り聞かせてもくれないものだから、それはもうもどかしくて仕方なかった。自分とおなじ大きさの薬師仏《やくしぼとけ》を造ってもらって、きちんと手を洗い清めてから、誰もいないときにこっそりとその部屋に入り、〝京の都に早く上らせてください。そして、たくさんあるというその物語を、ありったけ全部読ませてください〟と、身を投げだし、額を床につけてお祈りしたりした。すると、十三歳になる年に、父がその土地での任を解かれ、みんなで上京できることになった。旅の慣例通り、いつどこから出発するのがいいかを決め、そこへの引越しを九月三日にこなって、いまたちという場所に移った。

その日、それまで何年も遊び慣れた家が家具もなくがらんとしてしまい、御簾《みす》も几帳《きちょう》もとりはずされて、外からまる見えになった。大人たちが旅仕度に忙しく立ち働くうちに日も暮れて、おそろしいほど深く霧が立ちこめた。牛車《ぎっしゃ》に乗り、ふり返ると、誰もいないときにこっそり額を床につけてお参りしたあの薬師仏が、外からまる見えになったその家のなかにぽつんと立っていらした。それを残して立ち去ることが悲しくて、私はひそかに——でも止めようもなく

——涙をこぼした。

出発する場所として仮住まいしたところは、塀も垣根もない間に合せの茅《かや》ぶきの家で、雨戸すらなかった。簾《すだれ》や幕がぶらさがっているだけ。南側からは、遠くの野原まで見渡せた。東側と西側は海に近くて、景色だけはすばらしくい い。夕方に霧が流れたりするとほんとうに美しいので、眠ってしまうのも惜しく、朝も早起きをしてあちこち眺め、ここをすぐに立ち去るのがしみじみ悲しかったのだけれど、おなじ月の十五日、暗鬱な空から雨が激しく降るなか、国境をでて下総《しもうさ》の国に入った。いかだというところに泊る。急ごしらえの仮小屋が浮きあがりそうな土砂降りなので、おそろしくてまんじりともできなかった。夜があけてから見ると、すぐそばの野っ原に、丘のように隆起した場所があり、そこに、木がただ三本立っていた。その日は、雨に濡《ぬ》れてしまったものをみんな干して、遅れて出発した人たちを待つために、そのあともうすこし滞在した。

十七日の早朝に、また出発した。昔、下総の国には〝まのの長者〟と呼ばれる人が住んでいたそうだ。二反《たん》続きの布を千巻も万巻も織らせ、川で晒《さら》させたお金持ちの家の跡だと教わりながら、深い川を舟で渡った。昔の門柱がまだ残っているとかで、確かに大きな柱が四本、川のなかに立っていた。みんながそこで歌を詠むのを聞いて、私も胸の内でこっそりこんなふうに詠んだ。

この柱が
朽ちずにここに残っていなかったら
昔の栄華の跡だなんてことは
わかるわけがないなあ
（朽ちもせぬこの川柱残らずは昔の跡をいかで知らまし）

その夜は、くろとの浜というところに泊った。片側がひろびろした砂丘で、砂がどこまでも白く、ならんだ松の木を月が冴《さ》え冴えとあかるく照らしていて、風の音も気持ちがいい。みんながうっとりして歌を詠んだので、私もまたやってみた。

絶対寝ないもん
くろとの浜の秋の月を
今夜をのがしたらもう二度と
見られないかもしれないのだから
（まどろまじ今宵ならではいつか見むくろとの浜の秋の夜の月）

翌朝早くそこを出発し、下総と武蔵《むさし》との国境である太井川《ふといがわ》という川の上流、まつさとの舟着き場に泊った。一晩かけて、大人たちは舟で荷物をすこしずつ対岸に運ぶ。私の乳母——すでに夫を亡くしている——が、この国境で出産した。だから私たちとはべつべつに、あとから上京することになったのだが、乳母と離れたくなくて、見舞に行きたがった私を、この夜、兄が抱いて連れて行ってくれた。私たちが泊るのも急ごしらえの粗末な小屋だったが、それでもすきま風が入らないようにちゃんと幕がかけてあったりするのに、乳母の泊るところは、夫がいないためにひどく手を抜いて建てられた小屋で、いかにも疎雑なものだった。屋根といっても、苫《とま》というものを一度葺《ふ》いただけなので、月の光がすっかりふりそそぎ、そのなかで乳母は、紅色の打衣《うちぎぬ》を羽織り、やつれて横になっていた。月あかりのなかのその姿は、とても産褥《さんじょく》にある人とは思えないほど、白くきれいで清楚《せいそ》に見えた。私が来るとは思っていなかったようで、髪をなでてくれながらひどく泣き、かわいそうで帰れなくなってしまったが、兄に急いで連れ帰られてしまった。あのときの気持ちといったら、ほんとうに名残り惜しくて耐えがたかった。いつまでも乳母の姿が頭に浮かんで離れず、悲しくて、月を見ても美しいと思えず、ふさぎこんで寝てしまった。

翌朝早く、舟に車をしっかり積み込んで対岸に渡し、こちら岸にも車が用意されて、見送りの人たちはみんなここからひき返して行く。上京する私たちも去りがたく、ここでお別れなのだと思うと、帰って行く人たちも、ただ立ってそれを見ている私たちも、みんな泣いた。あれは、子供心にもつらいことだった。

こうして早くも武蔵の国に入ったが、とくに景色のいいところでもない。浜もなければ白砂もなく、地面はただの泥土だし、武蔵野は紫草が豊かだと聞いていたのに、葦《あし》や荻《おぎ》が丈高く茂っているばかりだ。馬に乗っている人たちの持つ弓の先も見えないほど高く茂るなかをかき分けるようにして進んで行くと、竹芝というお寺があった。ずっと遠くに、〝はは荘《そう》〟とかいう場所もあり、何かの土台石が見えた。「ここは何なの？」と訊《き》くと、そばにいた人がこんな話をしてくれた。

「ここは昔、竹芝という酒造の地でした。この国に住んでいた男が、あるとき朝廷の火焚《ひた》き係に任命されて上京したのですが、御殿の庭を掃きながら、『どうしてこんなにつらい目に遭うのだろう。故郷がなつかしい。故郷にはたくさんの酒壺《さかつぼ》がならんでいて、壺にささって酒に浮かんだひしゃくが、南風が吹けば北を向き、北風が吹けば南を向き、西風が吹けば東を向き、東風が吹けば西を向いたものなのに、ここではそういうのどかな風景も見えず、つらいお勤めの毎日だ』とつぶやいたのです。すると、帝《みかど》の娘でとても大切に育てられていたかたが、たった一人で御簾のそばにでていらして、柱によりかかって聞いていて、この男がそんなふうにひとりごとを言うのをかわいそうに思い、また、どんなひしゃくがどんなふうに動くのかしら、と、ことのほか興味をひかれて、御簾を持ち上げ、『そこのあなた、ちょっとこちらに来なさい』とおっしゃいました。男が畏《かしこ》まりながら欄干のそばまで行くと、『いま言っていたことを、もう一度私に聞かせなさい』とおっしゃるので、酒壺の話をもう一度しました。すると、『連れて行って私に見せなさい。気まぐれで言っているわけではなく、ちゃんと、思うところあって言っているのです』とおっしゃいます。男は、そんなの大胆すぎるし畏れ多い、と思いましたが、きっとそうなる運命にでもあったのでしょう、帝の娘を背負って、道を東に下って行きました。追手が来ることはわかりきっていましたから、その夜、男は瀬田の橋のたもとにこの皇女をおろして坐《すわ》らせると、橋の一部を壊して、自分はそれを飛び越え、皇女を背負って急ぎに急ぎ、たった七日七晩で、武蔵の国に行き着きました。

一方、帝と后《きさき》は娘がいなくなってしまったので、動転なさり、あちこち探しておられました。そこへ、『武蔵の国から来た火焚き男が、何やらいい匂いのものをかついで、飛ぶような速さで駆け抜けて行きました』と申し出た者があり、火焚き男を探してみると、どこにも姿が見えません。故郷に向ったに違いない、ということになり、朝廷から勅使が遣わされ、男と皇女を追いかけました。が、瀬田の橋が壊されていて、渡ろうにも渡れません。三か月かかって武蔵の国にたどりつき、この男を探しだしたところ、帝の娘が勅使を呼んで、『私はこうなるべくしてなったのでしょう。この男の家が見たくて、頼んで連れてきてもらったのです。びっくりするくらい住み心地がいいわ。この男が罪に問われ、罰せられることになどなったら、私はどうすればいいというの？前世からの約束事で、この国に住む宿命なのでしょう。早く帰って、帝にそう報告しなさい』とおっしゃるので、仕方なく勅使は都にひき返し、帝に、かくかくしかじかでしたと報告しました。これではもう、帝に選択の余地はありません。その男を罰したところで皇女を都に取り戻せるわけじゃなし、それなら竹芝の男に一生のあいだ武蔵の国を預《あず》け任せ、租税や労役も免除してやろう、とお考えになりました。娘に武蔵の国を与えるということの発表がなされると、男は家を御殿のように造って皇女を住まわせ、皇女がお亡くなりになると、そこをお寺にしました。それが竹芝寺です。その皇女のお産みになった子は、国名をそのままとって、武蔵という姓《そう》になったとのこと。そういうことがあってからというもの、朝廷の火焚き係には、女性がなることになったのだそうですよ」

葦や荻の茂る野をひたすらかき分けて進むうちに、武蔵と相模《さがみ》との国境を流れるあすだ川にぶつかった。在五中将《ざいごちゅうじょう》在原業平《ありわらのなりひら》が、〝いざ言問はむ〟と歌に詠んだ舟着き場だが、彼の家集のなかでは隅田川と表記されている。その川を舟で渡り、相模の国に入った。

にしとみというところの山は、まるで、見事な絵の描かれた屏風《びょうぶ》を立てならべたみたいな景色だった。片側は海で、浜の様子も、寄せては返す波の感じも大変にいい。

もろこしが原という、とても白い砂の続く場所を、二、三日進んだ。「夏は大和撫子《やまとなでしこ》の花が、濃淡の織り物をひろげたように咲くのよ。でもいまは秋の末だから見えないわね」と、そばにいた人が教えてくれた。それでもところどころに、こぼれ残ったみたいにぽつぽつと、けなげに咲いていた。「もろこしが原なのに、中国《もろこし》じゃなく大和の撫子が咲くなんて驚くじゃない？」と言いながら、みんな可笑《おか》しがった。

足柄山《あしがらやま》というところに入ると、四、五日にわたって、こわいくらい暗い道が続いた。おそるおそる足を踏み入れた麓《ふもと》のあたりでさえ、空も見えないほど木々が生い茂り、なんとも言えずあやしく、おそろしげなのだった。その麓に宿をとったのだが、月もなく暗い夜で、迷子になりそうに闇が濃いというのに、遊女《あそび》が三人、どこからともなく現れた。五十歳くらいのが一人、二十歳くらいのが一人、それに十四、五歳くらいのが一人。大人たちは、その遊女たちに柄つきの傘をひろげさせ、今夜の宿である小屋の前に坐らせた。下男たちが火を灯《とも》して見ると、こはたという遊女の孫だという一人は、髪がとても長く、それが額にさらさらと具合よくかかり、色も白く清潔感があって、「これなら、かなりいい家の下仕《しもづか》えをさせても見劣りしないだろう」などと言って、みんな感心した。その遊女は声がまたたとえようもなく美しく、空に澄みのぼるようなろうろうとした歌いぶりで、見事に歌う。みんなすっかり感じ入ってしまい、そばに呼び寄せておもしろがった。誰かが、「西の国には、とてもここまでの遊女はいないだろう」と言うと、彼女は、「難波《なにわ》あたりにくらべたら」と即興で歌い、上手に謙遜してみせる。見た目が美しい上にすばらしい声で歌うこの遊女が、ひどくおそろしく見える山のなかに帰って行くのを、みんな名残り惜しく思って泣いた。まして、幼かった私にとってはなおさらで、自分たちがじきにこの宿を出発することまで残念に思えた。

夜あけ前に出発して足柄山を越える。麓でさえあんなにおそろしかったのだから、山の奥深くに分け入るこわさは言わずもがな。山が高いので、雲を足の下に踏むような感じがした。山の中腹あたりの、木陰になった狭いところに二《ふた》葉葵《ばあおい》が三本だけ自生しているのを見て、「人里離れ、誰も来ないようなこんな山奥に、よくもまあ生えたものだ」と、みんなその草をいじらしく思った。その山のなかに、川は三か所流れていた。

やっとのことで足柄山をでて、関所のある山に入って泊った。ここからは駿河《するが》だ。横走《よこはしり》の関所のそばに、岩壺というものがあった。なんとも言えず大きな四角い石で、まんなかから水が湧き出ているのだが、この水の、清らかに澄んでつめたいことといったらなかった。

富士の山は、この駿河の国にある。私の育った上総《かずさ》の国からは、西の方角に見えていた山だ。その姿は、まったくこの世に類を見ない。他の山とは違う風変りな形だし、青く塗ったような色をしているところへ、雪が消えることなく常に積もっているので、色鮮やかな肌着の上に白い衵《あこめ》だけを着た、幼い人のように見える。てっぺんの、すこし平らなところからけむりが立ちのぼっている。夕暮れには、火の燃え立つのも見えた。

清見《きよみ》が関《せき》は片側が海で、浜辺に関所の番小屋がたくさん建ちならび、それを囲うように、海まではりだして柵をめぐらせてある。けむり同士が誘い合うのか、富士山のけむりに負けじと清見が関の海もけむるように高く波しぶきを上げていて、景色のおもしろさは最高だった。

田子《たご》の浦《うら》は波が高く、断崖下の街道は歩行できなかったので、舟で迂回《うかい》した。大井川という舟着き場があったが、そこの水は普通じゃなく、米粉を濃く溶かして流したみたいに白くて、流れが速かった。

富士川というのは、富士の山から下ってくる水の流れだ。地元の人が、こんな話を聞かせてくれた。「ある年のこと、私がちょっと外出し、とても暑かったものでこの水辺で休んでいましたら、川上から何か黄色いものが流れてきて、何かにひっかかって止りました。見ると、紙屑《かみくず》です。拾って見てみましたら、黄色い紙に、朱筆で濃くきちんと文字が書いてあります。奇妙に思ってよく読むと、次の年に国司が新たに任命される国々のことが、まるで公の文書のようにすべて書いてあって、この駿河の国もその一つであることや、新たに任命される国司の名前、それに、そこに添えてまたべつな人の名前とが、記されていました。なんだこれは、あきれたことだ、と思いながら、その濡れた紙を干してしまっておいたところ、翌年の任命行事で、この紙に書かれていたことが一つ残らずほんとうになっていました。この駿河の国司に任じられたのも書いてあった通りの人でしたが、彼は三か月とたたないうちに亡くなり、それに代って任官した国司も、横に書き添えられていた人でした。そんなことがありました。国の人事というのは、毎年その前年に、この富士山にたくさんの神様が集まって、お決めになるものなのだとわかった次第です。驚くべきことですね」

ぬまじりというところも無事にあっさり通過したが、そのあとひどい病気になり、具合の悪いまま、遠江《とおとうみ》にさしかかった。小夜《さや》の中山《なかやま》と呼ばれる山道を越えたはずだが、その記憶もない。ひどく苦しかったので、天竜川という川のほとりに仮小屋を造ってもらい、そこで何日か過ごすうちにすこしずつ回復した。冬も深まりつつあり、川風が激しく吹きあげたりすると、たまらなく寒かった。

天竜川を渡って進み、浜名の橋に着いた。この橋は、以前京から上総へ下る旅で通ったときには丸太を渡してあったのだが、今回は橋の形跡さえなく、仕方がないので舟で渡る。前には、確かに入江に橋がかかっていたのに。外海は実にひどく荒れていて、波が高く、入江の殺風景な砂地には、他のものが何もなくてただ松の木々が茂っている。その松の枝葉のあいだから波しぶきが散るのが、きらきらした玉のように見えた。この、歌にでてくる〝末の松山〟さながらの松と波の戯れは、とびきりいい眺めだった。

その先は猪鼻《いのはな》という坂道で、なんとも言えず侘《わび》しい感じのその坂をのぼりきれば、三河の国の高師《たかし》の浜《はま》というところだ。

有名な八橋《やつはし》は名前だけは残っていて、橋は跡形もなく、なんの見どころもない。

二村《ふたむら》という場所の山のなかに泊った夜、宿にする小屋を大きな柿の木の下に造ったので、一晩中小屋の上に柿の実が落ちてくるのを、みんなで拾ったりした。

宮路《みやじ》の山《やま》というところを越えるころには十月も下旬になっていたのだが、紅葉がまだ散っていなくて盛りだった。

　この宮路山には
嵐も吹いてこないのね
この時期にまだ
紅葉が散りもせず残っているなんて
　（嵐こそ吹き来《こ》ざりけれ宮路山まだもみぢ葉の散らで残れる）

三河と尾張《おわり》の国境である〝しかすが〟の舟着き場は、しかすがに（そうは言っても）、という逡《しゅん》巡《じゅん》の言葉を連想させる。渡ろうか渡るまいか、迷ってしまいそうな名前でおもしろい。

尾張の国の鳴海《なるみ》の浦を通っているとき、夕方の潮がどんどん満ちてきて、今夜ここに泊るのは中途半端だし、でも満潮になれば通り過ぎることができなくなってしまうので、みんなあわてて、力一杯走って通り過ぎた。

美濃《みの》の国に入る国境の、墨俣《すのまた》という舟着き場から水を渡って、野上というところに着いた。そこに遊女たちがでてきて一晩中歌ったが、足柄山にいた遊女たちのことが思いだされて、ひどくなつかしく、なんとなく悲しかった。

雪がはげしく降るので、景色にしみじみしてもいられず、不破《ふわ》の関《せき》、あつみの山などを越えて、近江《おうみ》の国のおきながという人の家に泊めてもらった。四、五日そこで過ごす。

みつさかの山の麓に夜も昼も時雨《しぐれ》だの霰《あられ》だの降り乱れていて、日の光もはっきり射さず、ひどくうっとうしい気分だった。

そこを出発し、犬上とか神崎とか野州《やす》とか栗太《くるもと》とかを、これということもなく通過した。湖まで来ると、水面がはるか遠くまでひらけていて、なで島や竹《ちく》生島《ぶしま》といった島が見えたのはとてもたのしかった。瀬田の橋はすっかり壊れていて、渡るのが一苦労だった。

栗津《あわづ》に滞在して、十二月の二日に京に入る。旅やつれした姿を人に見られないように、慣例通り暗くなってから到着するために、午後遅めに出発する。途中、逢坂《おうさか》の関《せき》の近くの山のそばに、ほんの間に合せに造られたような板塀があり、その板塀ごしに、五メートルくらいの丈の仏さまが、まだ造りかけのままいらっしゃるのが、顔の部分だけ見えた。人里離れた場所に、ぽつんと所在なげに立っていらっしゃるなあと、しみじみ眺めながら通り過ぎた。

たくさんの国を通りすぎてきたが、駿河の清見が関と、この近江の逢坂の関ほどすばらしい場所はなかった。すっかり暗くなってから、三条の宮——ここには一条天皇の皇女がお住いになっている——の西にあるわが家に到着した。

娘としての京での生活

三条の家は広くて荒れた感じのところで、庭木も、これまでに越えてきた山々の木々に劣らないほど鬱蒼《うつそう》と大きく茂り、おそろしい雰囲気で、とても都のなかとは思えなかった。着いたばかりで落着かず、何かとばたばたしていて騒がしかったが、これまでずっと願ってきたことなので、「物語、手に入れて読ませて。読ませて」と、都で待っていた実母をせきたてたところ、衛門《えもん》の命婦《みようぶ》という名で三条の宮に仕えている親戚に、手紙を書いてくれた。すると、命婦は私たちの帰京を喜んでくれ、「三条の宮からいただいたのです」という、とくべつ立派な綴じ本の物語を何冊も、硯箱《すずりばこ》の蓋に入れて贈ってくれた。私はもう嬉《うれ》しくてたまらず、夜も昼も耽読《たんどく》した。そして、そうなると、もっともっと読みたくなった。でも、上京したばかりの都の片隅で、いったい誰が私のために物語を手に入れて、読ませてくれたりするだろうか。

私の継母だった人は、もともと宮仕えしていたのに、父に伴って東国に下ったりして、不本意なことがいろいろあったのだろう、父との夫婦仲が上手《うま》くいかなくなり、五歳の子供と召使いを連れて出て行くことになった。「やさしかったあなたのことは決して忘れないわ」と言って、軒端近くのひときわ大きな梅の木を指さし、「この木に花の咲くころには来ますよ」と言い残して去って行った。私は彼女が恋しくて、心中悲しく、こっそり泣いてばかりいるうちに、新年になった。早く梅が咲かないかな、来ると約束したけれど、ほんとうに来るかな、と、梅の木をにらんでずっと待ち続けていたが、花が満開になっても手紙ひとつ来ない。思い悩んだあげく、花を折って贈った。

期待していたのに

もっと待たなくてはいけないの？
霜枯れていた梅にさえ
春は忘れずにやってきて
ちゃんと花を咲かせてくれたというのに
（頼めしをなほや待つべき霜枯れし梅をも春は忘れざりけり）
という歌を添えた。継母だった人は、いろいろやさしい言葉を書いた返事をくれて、こういう歌が詠んであった。
それでもやっぱり期待しておいでなさい
梅の枝には
私ではなく
約束もしていない誰かすてきな人が
ひょっこり訪ねて来るかもしれませんよ
（なほ頼め梅のたち枝《え》は契りおかぬ思ひのほかの人も訪《と》ふなり）

その春は世のなかに疫病が大流行して、まつさとの舟着き場で月の光が美しく見せたあの乳母も、三月の初めに亡くなってしまった。どうしようもなく嘆き悲しんでいたので、物語を読みたいという気も起きなかった。泣き続けに泣き、ふと外に目をやると、夕日が絢爛豪華《けんらんごうか》なまでに庭を染め、そのなかで桜が散り乱れていた。

花は
散っても来年また見ることができるだろう
でもこれっきり
二度と会えない彼女が
私は恋しい
（散る花もまた来む春は見もやせむやがて別れし人ぞ恋しき）

また、聞いた話だが、侍従の大納言の娘さんもお亡くなりになったらしい。夫である中将《ちゆうじよう》がどんなに悲しみ、嘆いていらっしゃることかと、私自身、ちょうど乳母を亡くしたあとだけに、他人事《ひとごと》でなくお気の毒に感じた。京に着いたとき、父が、「これを習字のお手本にしなさい」と言って、この娘さんの書かれたものを手渡してくれたのだが、そこには〝さよふけてねざめざりせば〟のような古歌が書きつけてあり、そのなかに、〝とりべ山たにに煙《けぶり》のもえ立たばはかなく見えしわれと知らなむ〟――鳥辺山《とりべやま》の火葬場に、もしも煙が上っていたら、死んだのは私なのだとわかってください――という不吉な古歌もまざっていて、それが得も言われぬ美しい筆蹟《ひっせき》で上手に書かれているのを見ると、ますます涙が止まらなかった。

そんなふうにふさぎ込んでいる私を母が心配して、すこしでも慰めようと、物語を手に入れて読ませてくれた。すると、私は自然と慰められていった。『源氏物語』の若紫の巻を読み、続きを読みたくてたまらなくなったが、人づてに入手を頼もうにも誰に頼んでいいかわからず、馴《な》れない都では見つけられるとも思えなくて、ほんとうにもどかしく、いても立ってもいられず、〝この源氏物語を、最初の巻から全部すっかり読ませてください〟と、心のなかで祈った。両親が太秦《うずまさ》のお寺に参籠するときにも一緒について行って籠り、他のことは祈らずにそのことばかりをお願いした。すぐにも全巻読み通す意気込みだったのに、そう上手くはいかず、なかなか手に入らなかったので、まったく残念でいやになってしまった。そうこうするうち、私のおばさんという人が田舎から上京してきたので挨拶に行くと、そのおばさんが、「ほんとうにかわいらしく、大きくなったのね」となつかしがったり驚いたりし、帰りがけに、「何をさしあげましょうね。実用的なものではつまらないでしょう。欲しがっているとうかがったものをさしあげましょう」と言って、『源氏物語』を五十数巻全部、大きな箱に入った状態のままくださり、さらに、『伊勢物語』『とほぎみ』『せりかは』『しらら』『あさうづ』といった物語も、袋に入れて持たせてくれた。それをもらって帰るときの、天にものぼるうれしさといったら！

これまで部分的に読んで、前後がわからないので気になるところもあったりして、じれったかった『源氏物語』を最初の巻から、誰にもじゃまされずに几《き》帳《ちょう》のなかに寝っころがって、胸を高鳴らせながら一巻ずつ読む気持ちといったらもう最高で、その極楽感にくらべたら、后《きさき》の位だってたいしたものじゃない。昼は一日中、夜は目のさめている限り、そばにあかりを灯してこれを読むこと以外何もしないでいたものだから、本をひらかなくても文章をそらんじられるようになってしまい、我ながら呆《あき》れた。そうしたら、夢のなかに清らかな僧侶が黄色い袈裟《けさ》を着て登場し、「法華経《ほけきよう》五の巻を早く習いなさい」と言ったのだが、そのことは誰にも言わず、法華経を習おうなんて思いもせず、物語のことばかりで心をいっぱいにしていた。自分はまだあまり器量がよくないが、年ごろになれば顔立ちもうんとよくなるだろうし、髪もすばらしく長くなって、光源氏に愛された夕顔や、宇治の大将に愛された浮舟みたいな女性にきっとなるのだ、と考えたりしていたのだから、いま思うと浅薄で、ほめられたことではなかった。

五月の上旬に、軒端のそばの橘《たちばな》の木が、まっ白な花びらを地面に散り敷かせているのを見て詠んだ歌。

このいい匂いがしなければ
橘の白い花びらを
時期はずれの雪だと思って
眺めたでしょうね
（時ならず降る雪かとぞながめまし花たちばなの香らざりせば）

なにしろ我家は、足柄山の麓《ふもと》の鬱蒼《うっそう》とした木立ちなみに樹木の茂る家なのだから、十月ともなると、紅葉は四方の山よりずっと美しく、一面に色鮮やかな布をひろげたみたいだ。それなのに他所《よそ》から来たお客さまが、「いまここに来る途中に、紅葉の、実に見事なところがありましたよ」と言うので、私はとっさに心の内でこんな歌を詠んだ。

世のなかにあきたような
わびしい暮しぶりではあっても
わが家の秋の景色だけは

どこにもひけをとらないと思うんだけどなあ
（いづこにも劣らじものをわが宿の世をあきはつるけしきばかりは）

昼はずっと物語に没頭し、夜も目がさめている限り物語に熱中していたら、ある晩こんな夢を見た。「このあいだ、皇太后宮の娘の一品《いっぽん》の宮《みや》の御寄進で、六角堂に水を引き込みました」と誰かが言うので、「それはまた、なぜ？」と尋ねると、その誰かが、「天照御神《あまてるおおんかみ》をご信心なさい」とこたえる、そんな夢だったが、私はこの夢のことも誰にも言わず、たいして気にもとめずにやり過ごしてしまった。ほんとうに不甲斐《ふがい》ないことだった。

春が来るたびに、一品の宮の御殿を私は外から眺める。

花の咲くころだといっては心待ちにし
散ってしまったといっては嘆き
宮家の桜を
まるで自分の家のものみたいに

眺めているなあ

（咲くと待ち散りぬと嘆く春はただわが宿がほに花を見るかな）

三月の末ごろ、土忌《つちいみ》の習慣にのっとって他所《よそ》の家にしばらく移っていたところ、桜が満開で美しかった。もう春も終りだというのに、花が散っていなかったのは意外だった。それで、帰ってすこしたってから、

あなたの家の桜は
いくら眺めても飽きませんでした
春も終りになって
いまにも散ろうとするそのせつなに
一目見られてよかったことです

（あかざりし宿の桜を春暮れて散りがたにしも一目見しかな）

という歌を詠み、礼状代りに使者をやって伝えさせた。

桜の咲き散る季節になるたびに、乳母が亡くなったのもこのころだったと、それればかり切なく思いだされて、おなじころに亡くなった侍従の大納言の姫君の筆蹟を眺めながら、なんとなく悲しくなっていた。そうしたらある年の五月ごろに、夜遅くまで物語を読んで起きていたところ、どこから来たのか、猫がとてもやわらかな声で鳴いた。びっくりしてそちらを見ると、なんともかわいらしい猫がいる。どこから来たのかしらと思っていると、姉が、「しーっ、静かに。誰かに聞こえちゃうじゃないの。すごくかわいい猫だわ。私たちで飼いましょう」と言った。猫は大変人馴れした様子で、私たちのそばに寝そべる。この猫を探している人がいるかもしれないので、隠すようにこっそり飼っていたところ、身分の低い者たちのところには全くよりつかず、私たちのそばにじっとして離れず、たべものも、きたならしいと顔をそむけてたべようとしない。姉と私にぴったりくっついてつきまとい、私たちも、おもしろがってかわいがった。けれど姉が病気になり、家じゅうがごたごた取り込んでいたので、猫を北向きの使用人部屋に閉じ込めておいた。やかましく鳴いて騒いだけれど、そのままにしておいたところ、病気の姉がふいに目をさまして、「どこにいるの、猫は。ここに連れてきて」と言うので、「どうして？」と訊くと、「夢のなかであの猫がそばにやってきて、『私は侍従の大納言の娘です。猫に、生れ変ったのです。前世に少々因縁があり、この家の妹さんが私を無性にいとおしんで思いだしてくださるので、ほんのしばらくここにいるのですが、最近では使用人たちのそばにばかりやられていて、大変淋《さび》しい』と言って、ひどく泣くの。気品があって美しい人に見えたわ。目をさましたら、それはあの猫の声で、とても悲しい気持ちになったの」と説明してくれた。私は胸を打たれた。それからは、猫を北向きの使用人部屋に入れたりはせず、大切に世話をした。私が一人のときに猫が近づいてくれば、なでてやりながら、「侍従の大納言の姫君がここにいらっしゃるのね。大納言さまに教えてあげたいわ」と話しかけた。そうすると、猫の方でも私の顔をじっと見て、穏やかに鳴き、見るからに普通の猫とは違って私の言葉をちゃんと聞き分けているみたいで、私はまたしみじみ胸を打たれてしまうのだった。

〝長恨歌《ちょうごんか》〟という漢詩を物語にしたものを持っている人がいると聞いて、読んでみたくてたまらなくなり、でも、そんなに親しい相手ではないので、貸してほしいと直接頼むのは気がひけた。そこで、適当なつてをたどって、長恨歌の一節にちなんだ七月七日にこう詠んで届けた。

昔、恋人たちの約束した
七月七日の物語が読みたくて
私も思いきってお願いに
天《あま》の川にでるみたいに打ってでます
（契りけむ昔の今日のゆかしさに天《あま》の川浪《かはなみ》うち出《い》でつるかな）

返事はこうだった。

恋人たちが天の川に打ってでる
特別な日なのですから
不吉な物語であることも忘れて

お貸ししましょう
（たち出づる天《あま》の川辺のゆかしさにつねはゆゆしきことも忘れぬ）

その月の十三日は、月が地上を隅々まであかるく照らしていたので、家じゅうの誰もが寝静まった夜中に、姉と二人で縁側にでて坐《すわ》っていた。姉が空をつくづくと眺めながら、「いまこの瞬間に、もし私がどこへともなく飛び去ってしまったら、あなたはどんな気持ちがする?」と訊いた。なんていやな、おそろしいことを言うのだろうと思っている私の顔つきを見て、姉は話題を変えて場をつくろい、笑ってみせた。そうこうするうち、隣の家に、先払いの声がして車の止る音が聞こえた。「荻の葉、荻の葉」とお供の者に呼ばせるのも聞こえたが、返事はなかった。呼んでも呼んでもでてこないので、隣家の女性に会いに来たその車の主は、笛をとても上手に、清らかに澄みとおる音色で吹いてから、行ってしまった。

笛の音が

まるで秋風みたいに吹き渡ったのに
葉ずれの音を立てるはずの荻の葉は
どうして〝そよ〟ともこたえないのかしら
（笛の音《ね》のただ秋風と聞こゆるになど荻の葉のそよとこたへぬ）
と詠んだところ、姉は、「なるほど、そうきましたか」と言って、
だけど
荻の葉がこたえるまで吹き続け
言い寄ることもしないで
あっさり行ってしまった笛の音の男も
どうかと思うわ
（荻の葉のこたふるまでも吹き寄らでただに過ぎぬる笛の音《ね》ぞ憂《う》き）
と詠んでこたえた。こんなふうにして、夜があけるまで夜空を眺め、夜があけてから、ようやく二人とも床についた。

その翌年、四月の十日ごろに家が火事になり、大納言さまの姫君だと思って大事に世話していた猫も焼け死んでしまった。「大納言さまの姫君」と呼ぶと、わかったような顔で鳴いて近づいてきたりしたので、父なども、「めずらしい、興味深いことだ。大納言殿にお伝えしよう」と言っていたところで、ことのほか不憫《ふびん》で残念に思われた。

いままでの家はやたらに広くて山奥のようではあったけれど、桜の咲く春や紅葉の秋には四方の山など目じゃないくらいに美しく、それを見慣れていたのに、今度の家はくらべようもなく狭く、庭にもゆとりがなく、樹木もないので実に憂鬱。向かいの家に白梅や紅梅が咲き乱れ、風に乗って匂いが漂ってきたりすると、住み慣れた前の家が限りなく恋しくなる。

風に運ばれてくる
隣の梅の匂いが身にしみる
かつての家の軒端の梅には

いろんな思い出があったのに
(にほひくる隣の風を身にしめてありし軒端の梅ぞ恋しき)

その年の五月の初めに、姉が出産で死んだ。他人の死でさえ、幼いころからひどく悲しんできた私だが、いわんや姉となると、身も世もなく悲しみにうちひしがれた。母などはみんな、姉の遺体のある部屋につめているので、私は姉の忘れ形見となってしまった幼な児《ご》たちを、自分の左右に寝かせていた。粗末に荒れた屋根板のすきまから月の光がもれて入り、赤ん坊の顔を照らすのがひどく不吉に思えたので、袖で一人の顔をおおい、もう一人の子も抱き寄せて、やるせなさでいっぱいになった。

姉の死をめぐるあれこれの混乱が過ぎたころ、親戚が、「亡き姉上に、『ぜひ見つけて届けてください』と言われていたので探してはみたものの、そのときには見つけられなかったのですが、ご本人が亡くなられたいまになって見つかりました。しみじみ悲しいことです」と言って、『かばねたづぬる宮』という物語を届けてくれた。その親戚の言うとおり、ほんとうにしみじみ悲しい。返事にこう詠んで贈った。

埋もれずにでてきた物語
それも
亡骸《かばね》をたずねる物語なんかを
どうしてあの人は読みたがったのでしょう
いまや本人が
苔《こけ》の下に埋められてしまいました
（うづもれぬかばねを何にたづねけむ苔の下には身こそなりけれ）

姉の乳母だった人が、「お嬢さまが亡くなられたいまとなっては、私がこの家にいて何になるでしょう」と言って泣き、以前住んでいたところに帰ることになった。私は、

こんなふうにして
あなたはふるさとに帰るのですね
あなたとの別れまで招いてしまうなんて
姉との別れはいったいなんて
悲しい別れなのでしょう
（ふるさとにかくこそ人は帰りけれあはれいかなる別れなりけむ）
と詠んでから、姉を偲《しの》ぶためにも、姉の形見のようなあなたにはここに残ってほしいです、と書き、〝硯《すずり》の水も凍りましたから、思いの丈もこれで閉じて、筆を措《お》きます〟と書いたが、さらにまた思いが溢《あふ》れ、
走り書きの筆あとも
氷に閉ざされてしまいました
もう何も言えませんが
あなたがいなくなったら
私はいったい誰といっしょに

姉の思い出話をすればいいのでしょう
（かき流すあとはつららにとぢてけりなにを忘れぬ形見とか見む）
と詠んで贈ると、こういう返事がきた。
お仕えするかたを失った私は
渚《なぎさ》の浜千鳥のようなもの
悲しみをなぐさめる術《すべ》もない
どうしてこの憂き世に
ながらえたりできるでしょう
（慰さむるかたもなぎさの浜千鳥なにかうき世に跡もとどめむ）
この乳母は、姉の墓参りをして泣きながら帰って行った。私はこう詠まずにいられなかった。
姉が煙となって空に昇った
その野辺にはもう何もなく
煙も消えていたでしょうに

彼女はいったいどこを姉の
お墓と思ってお参りしたのでしょう
（昇りけむ野辺は煙もなかりけむいづこをはかとたづねてか見し）
これを聞いた私の継母だった人が、こう詠んで私に届けてくれた。
ここがはかだと
はっきりわかったわけじゃなくても
先に立つ涙が
そこはかとなく
道案内してくれたのだと思いますよ
（そこはかと知りてゆかねど先に立つなみだぞ道のしるべなりける）
また、『かばねたづぬる宮』をくれた親戚は、
人も住まない野辺の笹原《ささはら》には
人の歩いたあともなく
その乳母は泣きながら

どんなにかお墓を探し歩いたことでしょう

(住みなれぬ野辺の笹原あとはかもなくなくいかにたづねわびけむ)

と詠み、野辺の送りに火葬場へつきそって行った兄がその歌を見て、こうつぶやいた。

みるみるまに
煙は燃えつきてしまったよ
あの人はほんとうにどうやって
あの野辺の笹原をたずね歩いたのだろう

(見しままに燃えし煙は尽きにしをいかがたづねし野辺の笹原)

雪が何日も降り続いているころ、吉野山に住んでいる尼君を思ってこう詠んだ。

吉野の山の
あのけわしい山道に

こうもたくさん雪が降っては
普段でさえ人の往き来が稀《まれ》な場所が
よけい閑散としてしまいますね
（雪降りてまれの人めも絶えぬらむ吉野の山の峰のかけみち）

翌年の一月に国司の任命発表があり、父の昇進を期待していたのだがあてがはずれた。結果のわかる早朝をおなじように待ち、おなじようにがっかりしてくれた親しい人のところから、〝いくら何でも今度こそはと思いながら、夜あけを待っているじれったさといったら〟という言葉と共に、こういう歌が届いた。

心待ちにしていましたが
夜あけの鐘と共にその夢も破れて
まるで秋の長夜を百夜も重ねたみたいに
ぐったり放心しましたよ

（明くる待つ鐘の声にも夢さめて秋の百夜《ももよ》のここちせしかな）

その返事に、私はこう詠んで贈った。

私もあなたも
いったいどうして夜あけをこんなに
待ったのでしょう
思ったことが成るわけじゃなく
ただ鐘が鳴るだけなのに

（暁をなにに待ちけむ思ふことなるともきかぬ鐘の音《おと》ゆゑ）

四月の末ごろ、事情があって東山に引越した。道中は、田んぼが——苗代に水を引き入れてある苗代田も、すでに田植えのすんだ本田《ほんでん》も——青々として美しかった。引越し先は、うす暗い山が家のすぐ前に迫って見え、心細く淋しい夕暮れに、水鶏《くいな》がしきりに鳴くようなところだった。

まるで誰かが戸をたたくように

水鶏が鳴く
でもこんな日暮れどきに
この山奥を訪ねてくる人なんて
いるはずがない
（たたくとも誰《たれ》かくひなの暮れぬるに山路を深くたづねては来む）

霊山寺《りようぜんじ》が近くにあるのでお参りに行った。山道がけわしくて大変だったので、湧き水のある山寺に立ち寄って、水を手にすくって飲んでいると、「ここの水はいくら飲んでも飲み飽きませんね」と、相手と別れ難いときの定番のセリフを言う人がいた。

すくって飲む
山奥の湧き水は飽きないと
そんなことにいまごろ気づいたのですか
（奥山の石間《いしま》の水をむすびあげてあかぬものとは今のみや知る）

と詠んでこたえると、一緒に水を飲んでいたその人は、こうこたえた。

しずくに濁ると
古歌に詠まれたその水よりも
いまここで
あなたと飲む水の方がもっと飽きない
と言っているのです私は

（山の井のしづくに濁る水よりもこはなほあかぬここちこそすれ）

霊山からおりて東山に帰ると、夕日が鮮やかにさし、都の方まですっかり見渡せた。しずくに濁ると詠んだ人は、そこに私を残して都に帰るのがいやなようだった。そして、帰って行った翌朝、こんな歌を寄越した。

きのうあなたと別れたあと
夕日は山に沈んでしまい
あなたの家の方角を
淋しい気持ちで眺めましたよ

（山の端に入日の影は入りはてて心ぼそくぞながめやられし）

近くの寺から、額を床につけて朝の念仏を唱える僧の尊い声が聞こえる。戸をあけ放つと山際の空がほのかにあかるい。暗く茂った梢《こずえ》に霧がわたって、花や紅葉の盛りのころよりもむしろ、木々が一面に茂って空が曇りかげんのいまの方が風情があり、さらにほととぎすまで、すぐそばの梢でたびたび鳴く。

誰に見せて
誰に聞かせようか
この山里の早朝の眺めと
くり返し鳴くほととぎすの声を
（誰に見せ誰に聞かせむ山里のこのあかつきもをちかへる音《ね》も）

この四月の末のある日、谷の方の木の上に、ほととぎすが騒々しく鳴いていた。

都ではみんな
ほととぎすの初声を待ちわびているに
ちがいないのに
この山里では一日じゅう
しきりに鳴いていることよ
（都には待つらむものをほととぎすけふ日ねもすに鳴き暮らすかな）
と詠んでぼんやり外を眺めていたら、そのときそばにいた人が、「京にも、いまほととぎすの声を聞いている人がいるかしらね。こんなふうに外を眺めている私たちのことを、考えてくれている人がいるかしら」と言って、
山奥に
思いをはせる人なんているかしら
月に思いをはせる人は
大勢いるのでしょうけれど
（山ふかく誰か思ひはおこすべき月見る人は多からめども）

と詠んだので、私はこうこたえた。

夜ふけに月を見るときは
みんな知らず知らずのうちに
つい山里に思いをはせるものですよ
（深き夜に月見るをりは知らねどもまづ山里ぞ思ひやらるる）

七月のある日、もう夜があけたかなと思う時分に、山の方から人がたくさん来るような音がした。びっくりして外を見ると、鹿が縁側のすぐそばまで来て鳴いた。近くで聞くと、あまり気持ちのいい声ではない。

秋の夜に
妻を恋しがって鳴く鹿の声は
山の彼方《かなた》に聞いてこそ
味わい深いものだ
（秋の夜の妻恋ひかぬる鹿の音《ね》は遠山にこそ聞くべかりけれ）

知り合いが、近くまで来ながら寄らずに帰ってしまったと聞いたので、こう詠み贈った。

まだ人を知らない松風でさえ
音を立てて挨拶をしてから
帰るというではないですか
まして知らない仲ではないあなたが
そのまま帰ってしまうなんてねえ
（まだ人め知らぬ山辺の松風も音して帰るものとこそ聞け）

八月になり、二十何日かのあけがたの月が格別に美しく身にしみて、山の方はこんもりと暗く、滝の音がまた比類なくいい感じだった。

ちゃんと風趣のわかる人に
見せてあげたい

この山里の
秋の夜ふけのありあけの月を
（思ひ知る人に見せばや山里の秋の夜ふかき有明の月）

京に帰ることになった。京から東山に移ってきたときには水ばかり見えていた田んぼは、みんな刈入れがすっかり終っていた。

苗代一面に
水だけしか見えなかった田んぼが
すっかり刈入れられてしまうまで
この山里に長居をしてしまったことだ
（苗代の水かげばかり見えし田の刈りはつるまで長居しにけり）

十月の末ごろ、ひき払ったその東山にちょっとだけ行ってみた。暗く茂っていた木々の葉が残らず散り乱れ、風景がことのほか淋しげだった。さらさらと気持ちよさそうに流れていた水も、落ち葉に埋もれてしまって、ただ流れの跡しか見えなかった。

　木の葉が散り
　嵐の吹くこの山里は淋しくて
　私たちばかりか
　水まですめなくなってしまった
　（水さへぞすみたえにける木の葉ちるあらしの山の心ぼそさに）

東山に住む尼に、「春まで生きていられたら、必ずまた来ます。花盛りになったらすぐに知らせてくださいね」と言って帰ってきたのに、翌年の三月十何日かになっても連絡がこなかったので、こう詠んで贈った。

　お約束でしたのに
　花の盛りを知らせてくださらないのですね
　山里には春がまだこないのですか

花がまだ咲いていないとか？
（契りおきし花のさかりを告げぬかな春やまだ来《こ》ぬ花やにほはぬ）

また別な家にちょっと移った。その家は竹林のすぐそばなので、満月のころだったが、風の音に目ばかりいたずらに冴えてしまって、ゆっくり眠れず、こんな歌を詠んだ。

竹の葉がざわざわし
夜にいつも目がさめて
わけもなく悲しい気持ちになっている
（竹の葉のそよぐ夜ごとに寝ざめしてなにともなきにものぞ悲しき）

秋ごろその家をでて他所《よそ》へ移ったのだが、竹林のそばの家の主《あるじ》に、礼状としてこう詠んで贈った。

どこのお宅もそれぞれに
情趣豊かなものだとはいえ

浅茅《あさじ》の生えたあなたの家の
秋の景色は格別恋しく思われます
（いづことも露のあはれはわかれじを浅茅が原の秋ぞ恋しき）

私の継母だった人は、父と一緒に下った上総《かずさ》の国の名をそのまま御所でも使って、上総の大輔《たいふ》と呼ばれていたのだが、別な男が夫として通って来るようになっても、依然としてその名で通していた。それを聞いた父が、「いまはもう、それでは不都合だと言ってやろう」と言うので、かわりに私がこう詠んで伝えた。

いまは私たちから遠く離れて
宮中にいらっしゃると聞いているあなたが
なぜまだ私たちゆかりの名を
使っていらっしゃるのでしょうか
（朝倉や今は雲居に聞くものをなほ木《こ》のまろが名のりをやする）

私はずっとこんなふうに、実りのないことばかり考えて暮してきて、神仏参りを多少はしても、しっかり身を入れて、人なみの人間になろうと殊勝に祈ることもしなかった。最近の人は十七、八からお経を読んで勤行《ごんぎょう》するというのに、私はそんなことをしようとも思わず、やっと考えつくことといったら、〝きわめて高貴な身分で、顔立ちや風采が物語にでてくる光源氏みたいな人が、年に一度でもいいから私のところに通ってくれて、浮舟がそうされたみたいに私も山里にひっそりと囲われて、花や紅葉や月や雪を眺め、心細そうにしながらも、その男の人からのすばらしいお手紙なんかがときどき届くのを心待ちにして、それを読むような暮しがしたいものだ〟ということばかりで、いつかそうなるかもしれない、とも思っていたのだった。

父が立派な官職を得れば私自身もかなり高い身分になれるだろう、などとあてにならないことを思いながら漫然と過ごしているうちに、父がやっと、はるか遠い東国の国司――常陸《ひたち》だ――に任命された。「これまで長年のあいだ、早く望み通りに近い国の国司に任官して、何よりもまずお前に存分あれこれしてやりたいと思っていた。その任国にも連れて行き、海や山といった景色を見せ、そんなことはまあ当然としても、私自身はどうあれお前には、何不自由ない暮しをさせたかった。しかしお前も私も運に恵まれなかったな。結局こんな遠国に任官することになってしまった。幼かったお前を連れて、かつて東国へ下ったときでさえ、すこしでも自分が体調を崩すと、この国に娘を残して先立つことになったら大変だと気に病んだ。京以外の国のおそろしさを考えると心配で、自分一人ならもっと気が楽だったろうに、大勢の家族をひき連れていては言いたいことも言えず、したいことも思いきってできず、あれはつらいことだった。ましていまは、大人になったお前を連れて任国に下っても、私はいつ死ぬとも知れない老齢だ。親を亡くし、都の内でさまようのはよくあることだが、東国の田舎者として路頭に迷うことになったら大変だ。もっとも、京にだって、お前を安心して引き取ってもらえるような親類縁者がいるわけではないが、だからといって、やっと手に入れた国司の職を辞退申すわけにもいかない。結局のところ、お前を京に残して、今生の別れとあきらめるほかはない。せめて、ここに残るお前にしかるべき暮しをととのえておいてやりたいところだが、それすらも私にはできそうもない」そう言って、夜も昼も父が嘆いているのを聞くと、私ももう以前のように花や紅葉にうつつを抜かしてはいられず、悲しくて、ほんとうにうちひしがれてしまった。でも、どうすることもできない。

七月十三日に、父は任国に下ることになった。その前の五日間くらいは、私を見るのもつらいらしくて、私の部屋にも入って来なかった。まして出発当日は慌しくて、ゆっくり会うまもなかったのだが、いざでかける時間になると、「これでお別れだ」と言って、父が簾《すだれ》を持ち上げた。私たちは顔を見合せ、互いにぽろぽろ涙をこぼした。そのあとすぐに出発した父を、見送った私の気持ちはとても言葉にできない。目の前がまっ暗になり、そのまま突っ伏してしまった。途中まで見送りに行って戻ってきた下男に、父から託されたという懐紙

を渡された。そこには、

思うことが叶っての旅立ちなら
この秋の別れを味わうこともできようが
いまの私は心乱れて
とてもそんな余裕がない

（思ふこと心にかなふ身なりせば秋の別れをふかく知らまし）

とだけ書かれていて、私は胸をふさがれて、しっかり読むこともできなかった。普段なら、へっぽことはいえ歌をちゃんと考えて詠むのだが、このときばかりはどうにも言葉を組み立てられず、たぶん、

二人とも生きているのに
まさか父上と
この世ですこしでもお別れするときが
来ようとは思ってもいませんでした

（かけてこそ思はざりしかこの世にてしばしも君に別るべしとは）

とでも書いたのだと思う。はっきり思いだせない。
ますます訪れる人もなくなり、淋しく心細く、物思いに沈んでは、いまごろ父はどのあたりだろうとばかり考えていた。以前一緒に旅した道のりなので、風景なども思い浮かび、なおのこと父が恋しくて、心配でたまらなかった。夜があけてから暮れるまで、そんなふうに物思いに沈みながら、東の山際の空を、眺めて過ごす。

八月ごろ、太秦《うずまさ》に籠るために一条大路を通って行くと、男用の牛車が二台停まっていた。どこかへ行くのに同行するはずの人を待っているのだろう。私がそばを通ると従者を寄越して、

花見に行こうとして
あなたのような花を見つけた
（花見に行くと君を見るかな）

と伝言してきた。「この程度の軽口に、こたえないのも不粋でしょう」と供

の者が言うので、
いろいろと移り気なご性分だから
秋なのに花見に行こうなどと
しているのですね
（ちぐさなる心ならひに秋の野の）
とだけ供の者に返事をさせて通りすぎた。
七日間寺に籠っているあいだも、あずま路の父のことばかりが気にかかり、いつもの他愛ない空想をようやく忘れ、〝どうか無事に父と再会させてくださ い〞と祈った。この祈りは仏様も不憫《ふびん》に思って、きっと聞き届けてくださるだろう。

冬になり、終日雨が降り続いた日の夜、風が烈しく吹いて雲を払い、空が晴れて、月の光が澄みきってあかるくなったなかで、強風に折られた軒先の荻が無残なありさまになっていた。かわいそうで、荻の気持ちがわかる気がした。

冬が深まり
嵐にもてあそばれる荻の枯葉は
安心していられた秋を
どんなになつかしく思ったことだろう
（秋をいかに思ひ出づらむ冬深み嵐にまどふ荻の枯葉は）

父の手紙をたずさえて、東国から従者が来た。
〝神拝《しんぱい》〟という、新任国司のする定例行事をして、任国じゅうを視察に回ったのだが、水のきれいに流れている広々とした野原に、木々がかたまって立っていた。景色のいいところだなと思ったら、まずお前に見せてやりたくなったよ。「ここは何という場所なんだ？」と尋ねると、そばにいた者が、「子しのびの森と申します」とこたえた。自分の境遇と重なり、ひどく悲しい気持ちになってしまってね、馬を降りて、そこに随分ながいこと佇《たたず》んで物思いに耽《ふけ》ってしまった。

この森も
どこかに子を残してここに来て
私のように切ない思いをしたのだろうか
見るからにかなしい子しのびの森だ
（とどめおきてわがごと物や思ひけむ見るにかなしき子しのびの森）

と感じたよ。
という手紙を読んだときの私の気持ちは縷々《るる》述べるまでもないだろう。返歌としてこう詠んだ。

子しのびの森の話を聞くにつけても
私をここに残して
秩父《ちちぶ》の山のある東国に
下った父上をうらめしく思います
（子しのびを聞くにつけてもとどめ置きし秩父の山のつらきあづま路）

こうやって所在なく物思いに沈んでいるあいだに、どうして私はもっと神仏参りをしなかったのだろう。母は時代遅れで、「初瀬詣《はつせもうで》？　まあ、そんなおそろしいこと。奈良坂で人さらいに遭ったらどうするのですか。石山寺《いしやまでら》？　関山《せきやま》を越えなくてはならないから危険です。鞍馬山《くらまやま》も険しい山道ですから、あなたを連れて行くなんてとても無理。お父上が上京されてからならともかく」と言って、行ってみたがる私をわずらわしがり、まともに取り合ってくれない。それでも、辛うじて清水寺には連れて行ってくれたので籠ったけれど、そのときも、私の性分というかいつもの悪い癖で、まじめに、ちゃんと祈願すべきことを祈願しようとはしなかった。お彼岸のころだったので参拝者が多く、とても騒々しくてこわいほどだったのに、ついうとうとと居眠りをしてしまった。すると、仏さまのいらっしゃる場所の仕切り幕と、その手前の柵とのあいだから、青い美しい紋様を織りだした着物を着て、絹布を頭にもかぶって足にもはいた、この寺の僧だと思われる人が近づいてきて、「自分の将来がどんなに悲惨なものになるかも知らずに、そんなつまらないことばかりに没頭して」と不機嫌に言い、幕のなかに戻って行く夢を見たのだが、目をさましてからも、こんな夢を見たと誰かに言うこともせず、たいして気にもとめずに、お寺から帰ってきてしまった。

母が奉納用に直径三十センチほどの鏡を鋳《い》させ、私を連れて直接お参りに行かれない代りにと、ある僧侶を初瀬詣に行かせたらしい。「三日間籠って参拝し、娘の将来がどうなるのか、夢のお告げを聞いてきてください」と言って送りだしたようだ。その三日間は私も母に、心身のけがれを清めるための物忌《ものいみ》の生活をさせられた。

この僧侶は、帰ってくるとこう言った。夢が見られなかったら大変だ、帰京して何とご報告すればいいのかわからない、と思いましたので、もう一心不乱に拝んだりお経を読んだり勤行し、その結果、こういう夢を見ました。仏さまのいらっしゃる幕の方から、実に気品があって清楚な女性——きちんと正装していらっしゃいました——が、奉納した鏡を手に持って現れ、「この鏡には願いごとの手紙が添えてありましたか？」とお尋ねになり、私が畏って、「手紙はありませんでした。ただこの鏡を奉納せよとのことでした」とこたえたところ、「それはまた妙なことですね。願いごとの手紙が添えられているはずなのに」と言われました。それからその女性は、「この鏡の、こちらに映っている人の姿をごらんなさい。これを見ると、しみじみ悲しくなりますね」と言って、さめざめとお泣きになります。見てみると、そこには倒れ伏して泣き嘆いている女性が映っていました。「こんな姿を見れば、誰だって胸が痛みます。ではこちらをごらんなさい」と言って、おなじ鏡のべつな部分に映ったものを見せてくれたのですが、そこには新しそうな御簾《みす》がすがすがしく掛けられ、そのすぐ内側に几帳の幕があるようで、その幕の下から色とりどりの華やかな布がはみだしているのが見え、なかにいる女性の優雅な暮しぶりが想像できます。前庭には梅や桜が咲き、うぐいすが枝から枝へ鳴きわたっていました。女の人は私にそれを見せて、「こういうのを見るとうれしくなりますね」と言うのでした。そういう夢を見ました。僧侶は母に、そう語ったという。でも私は、それがどういう意味なのか、私の将来がどう占われたのか、深く考えることもしなかった。

信心に身の入らない、浮ついた私にも、「天照御神《あまてるおおんかみ》をお祈りなさい」としょっちゅう勧めてくれる人がいた。どこにいらっしゃる神さまなのか、それとも仏さまなのかさえ知らなかったが、それでもだんだん分別がついてきて、人に訊いてみた。「神さまです。伊勢にいらっしゃるのですよ。紀伊《き》の国で、紀の国造が代々神職としてお祀《まつ》りしているのもこの神さまです。それに、宮中にも天皇家の守護神として祀られています」と教えてもらった。伊勢の国まで参拝に行くことなどとてもできないし、宮中にも、どうしたって参拝などできようがない。自然神として、空のお日さまをお祈りしておこう、とのんきに考えたのだった。

親戚が尼になり、修学院の寺に籠ったというので、冬ごろこういう歌を贈った。

冬の山里には
きっと嵐が吹き荒れていることでしょうね
そんな場所にいるあなたを
たくさんの涙とともに
思いだしています
（涙さへふりはへつつぞ思ひやるあらし吹くらむ冬の山里）

返ってきた歌はこう。

うっそうと茂る夏の木陰を
かき分けてまで
わざわざ心を届けてくださるあなたの
やさしさが伝わってきます
（わけて訪《と》ふ心のほどの見ゆるかな木陰をぐらき夏のしげりを）

東国の任地に下っていた父がやっと上京し、西山というところにある家に落着いたので、家族みんながそこに引越して父に会った。ものすごく嬉しくて、月のあかるい夜だったので一晩中、積もる話をし合った。私が、

こんなにうれしい夜もあるのですね
この世ではもうお会いできないかと
思いながらお別れしたあの秋は
どんなにかなしかったことか
（かかるよもありけるものをかぎりとてきみに別れし秋はいかにぞ）

と詠んだところ、父はひどく泣き、こう詠み返した。

思うとおりにならないために
生きるのを厭《いと》わしく思っていたのだが
命ながらえてみればいま
こんなにうれしい目にあっている
（思ふこと叶はずなぞといとひこし命のほども今ぞうれしき）

これでもうお別れだ、と父に言い聞かされたときの悲しみにくらべれば、無事な父との待ちに待ったこの再会は嬉しいものだったとはいえ、父が、「これまで他の人たちを観察してきてわかったのだが、老いさらばえてなお官職にしがみつくのは、さしでがましいしみっともない。だから私はこのまま引退するつもりだ」と言って、未練げもなく官途をあきらめるらしいのを聞くと、私はひどく心細くなった。

新しい西山の家は、東側に野原が遠くまでひらけていて、その先に比叡山《ひえいざん》をはじめとする山々が、稲荷《いなり》とかいう山まではっきりと見渡せた。南側は、ならんだ丘の松風が耳元近くでさわさわと聞こえ、その丘に囲まれた内側は田んぼだ。田んぼが、丘のてっぺん近くまで続いている。農民が鳥獣を追い払うために仕掛けた竹片がカラカラ鳴る音がしたりして、ひなびた田舎の風情があり、とてもたのしい。それで、月のあかるい夜などは、そういうおもしろい景色に心を奪われながら暮していた。あるとき、昔の知り合いが――私たちが人里離れた西山に移ってきて以来、便りもなかったのだが――、こちらに用事のある人に託して、「無事にお過ごしですか」と言ってきた。思いがけなくて、

私たちを思いだし
訪ねてきてくれる人はありませんが
それでも秋風だけは
山里の垣根の葉を
吹きそよがせてくれています
（思ひ出でて人こそ訪《と》はね山里のまがきの荻に秋風は吹く）

という返事を従者に伝えさせた。

宮仕え、結婚

十月になって、西山から京に引越す。母は尼になり、おなじ家のなかだけれど、別棟に離れて住むことになった。父は私に主婦役を任せ、自分では世間の人と交わることもなく、まるで隠れるみたいにひっそり暮していて、私には、頼りない父が心細く思われた。ちょうどそんなころ、私のことをご存知で、我家に縁のあるお邸《やしき》のかたから、「何もせず、手持ち無沙汰に暮しているよりは」と、宮仕えの口をいただいた。昔風の考え方をする両親は、宮仕えなんてつらい目に遭うだけだと思っていて、私をそのまま家に置いておいたのだが、「このごろの人は、みんな宮仕えにでたがりますよ。そうしてこそ、自然と幸運を得る例もあります。ためしにだしてごらんなさいよ」と周囲の人たちが勧めるので、父はしぶしぶ私を宮仕えにだした。

まず一晩だけ――お目見えのために――参上してみた。蘇芳色《すおういろ》の濃淡を取りまぜた菊襲《きくがさね》の袿《うちき》を八枚着た上に、紅の濃い練絹の表着《うわぎ》を着て行った。あんなふうに物語にばかり熱中し、本を読むことしかしてこなくて、友達や親戚とのつきあいも碌《ろく》になく、古風な両親のかげに隠れてばかりいて、月だの花だのを見ることのほかは何もせずにきてしまったので、御所の晴れがましい世界にとびこんでいくときの気持ちといったらもう、自分を見失いそうで現実とも思えず、あけがた早々に退出してしまった。

家にばかりいたころの私は、単調な田舎《いなか》暮しよりも、宮仕えをした方がおもしろいことを見聞きでき、心も晴れるだろうとしょっちゅう思ったものだったが、いざやってみると途惑うことが多くて、恥かしい思いや悲しい思いをしなければならないものであるらしかった。でも、いまさらどうしようもない。

十二月になって、また――今度は本格的に、女房として――参上する。局《私室》を与えられ、今回は何日も続けてお仕えするのだ。夜もときどき女主人の部屋に参上して、知らない女たちにまじって横になるのだが、私は全然眠れなかった。恥かしくて気づまりで、こっそり泣いたりしながら、夜あけ前のまだ暗いうちに自分の局《つぼね》にひきあげて、家では老い衰えた父――私を頼りにしている――と向い合って暮していたのにと、一日中家が恋しく、気がかりでならなかった。母親に先立たれた姪《めい》たちも、生れたときから一緒に暮し、夜は左右に置いて寝起きしたことなんかも不憫《ふびん》に思いだされて、うつろな気持ちで一日を過ごしてしまう。人慣れしていない私は、こういう場所にいるといつも誰かに立ち聞きされていたり、のぞき見されていたりする気がしてしまい、ほんとうに身の置きどころがない。

十日ばかりお仕えして実家に戻ると、父と母が囲炉裏《いろり》に火をおこして待っていてくれた。私が車から降りるのを見て、「あなたが家にいたころにはお客さまがみえることもあったし、使用人なんかもいたけれども、このごろでは人の声もせず静かで、近くに人の姿もなく、ほんとうに心細くて淋しかった。こんなにあなたが留守がちでは、私たちはどうすればいいのでしょう」と言って泣くので、とても悲しい。翌朝も、「きょうはお前がいるから、家のなかにも周囲にも人が多くて、ことのほか賑やかだな」と向い合って坐《すわ》って言ったりするので、ひどく気の毒になる。私にそれほどの価値があるわけもないのに、と、涙ぐましくなってしまった。

立派に修行した僧侶でも、前世の夢を見るのはむずかしいという。ましてや自分の将来もおぼつかず、信心深くもない私が前世の夢を見たのは不思議なことだけれど、でも、見たのだ。清水の礼堂にいると、その寺の僧だと思われる人がでてきてこう言った。「あなたは前世で、この寺の僧だった。仏像を彫る職人で、たくさんの仏像を造られたから、その功徳のおかげで前世よりもいい家柄に生れた。この御堂《みどう》の東にいらっしゃる一丈六尺の仏像は、あなたの造られたものだ。しかし、あなたは金箔を貼っている途中で死んでしまった」それで私は、「まあ、大変。それではその仏像に金箔をおつけしましょう」と言ったのだが、夢のなかのその僧は、「あなたの死後、べつな人がもう金箔を貼り、その仏像の開眼供養もすませてしまった」と言った。そんな夢を見たのだから、そのあとで清水寺に心をこめて参拝し、仏にお仕えしていたら、前世に私がそこで積んだらしい功徳によって、自然といいこともあっただろうに、ほんとうに不甲斐ないことだがお参りもせず、そのままにしてしまった。

十二月二十五日、私がお仕えする宮家で行事があり、その二次会ともいうべき御仏名の会に呼ばれたので、一晩だけと思ってでかけた。四十数人の女房が――みんな揃《そろ》って白い袿に濃い紅の練絹を重ねて――でていた。私は、もともと私をこの宮仕えに誘ってくれた知人のかげに隠れるようにして、大勢いる女房たちにまざってちょっと顔をだしただけで、夜あけ前には帰った。雪がかなり降っていて、しんと冴え凍ったあけがたの月が濃い紅の練絹の袖を照し、古歌にあるように、たしかに涙に濡れたように光らせている。帰り道で、私はこう口ずさんだ。

年は暮れ、夜はあける
あけがたの月の光が
こうして袖にとどまっているのも
ほんのつかのま
なにもかも、ほんとうにはかない
（年は暮れ夜は明け方の月影の袖にうつれるほどぞはかなき）

せっかくこうして宮仕えにでたのだから、たいして熱心ではない私でも、いずれ宮中の生活に慣れるだろうし、俗事にかまけて宮仕えに専念できないにしても、偏屈だといって嫌われるようなことをした覚えもないのだから、そのうち自然と他の女房たちなみには目をかけられ、お引き立ていただくようにもなったろうに、両親にはそのへんのことがちっともわかっていなくて、まもなく宮中から身を退かせ、私を結婚させてしまった。結婚してみたところで、私の境遇が突然華やかに、輝かしく羽振りのいいものになるわけもなく、これまでの私の憧れはたしかに埒《らち》のない、浮ついたものであったけれど、それにしてもあまりにも期待とかけ離れた身の上になってしまった。

何度でも
水辺の田芹《たぜり》を摘むように
これまでまじめに生きてきたのに
望みはちっとも叶わなかった
（幾千たび水の田芹を摘みしかは思ひしことのつゆもかなはぬ）

そんなふうに、ついひとりごとをもらした。

それからは家庭内の雑事で手一杯で、物語のこともすっかり忘れ、心も地道に落着いて、一体どうしてこの長い年月を、これといって何もせず漫然と暮してきてしまったのか、勤行に励みもせず、神仏参りもせずにきてしまったのかとしきりに考えた。空想上の自分の将来にしても、これまであれこれ夢想していたことは、果たして現実にあり得ることだったのだろうか。光源氏のような人が、この世にほんとうに存在するのか、薫の大将がこっそり宇治に隠して住まわせたお姫さまだって、みんな絵空事なのだ。ああ、信じていたなんて正気とも思えない。なんてくだらないことを考えていたのだろう、と心からそう思い、それならばこの先は地道に暮しそうなものだが、そうもなりきれないのが私なのだった。

出仕した先の宮家でも、私が結婚して家庭にひきこもったのをほんとうとは思えずにいるようだと、他の女房たちが教えてくれた。だから宮家からは絶えず呼びだしがあり、そのうちに、「では、あなたのところの若い人を出仕させなさい」と特に注文がでたので、むげにお断りもできず、姪を出仕させて、私もときどきついて行った。かつてのような、あてにならない期待は抱いていなかったし、誰かにひき立ててもらえるはずだとうぬぼれてもいなかったが、とはいえ、姪のつきそいでときどき参上する私は、古参の女房のように何事にも手馴れていて自信たっぷりな物腰というわけにはいかず、若い新参者でもないが、古株ほどの待遇も受けられず、ときどきやってくる客のような女房として別扱いの、とるに足らない、曖昧な存在なのだった。けれど宮仕え生活に一途《いちず》にしがみついていなくてはならない身の上ではないのだから、私より重んじられている女房がいてもべつにうらやましくはなく、その方がかえって気楽な気がした。だから適当と思われるときに参上し、暇そうにしている誰かを見つけて世間話をした。宮家でお祝いごとがあるとか、風情のある行事があるとかのときに、私はそうやって顔をだし、あまり目立つのも遠慮しなくてはならないので、大して関心を払うことなく鷹揚《おうよう》に聞き役に徹して過ごした。あるとき、女主人のお供でしばらく宮中に参内した。あけがたの月が際立ってあかるいころだった。私の信仰している天照御神《あまてるおおんかみ》は宮中にいらっしゃると聞いていたので、この機会に拝みたいものだと思い、四月の、やはり月のあかるい晩に、ごく内々で、そっとお参りに行った。知り合いのつてがあり、そこの女官である博士の命婦が迎えてくれたのだが、燈籠《とうろう》のあかりがひどく仄暗《ほのぐら》いなかで、その人は驚くほど年老いて神々しく見えた。長年お仕えしているだけあってさすがに話し上手だ。坐っている姿を見るだけでこの世の人とも思えず、神さまが現れたのかと思ってしまった。

その翌晩も月がとてもあかるく、藤壺《ふじつぼ》の東の戸をあけ放って、女房同士でおしゃべりしながら月を眺めていると、梅壺《うめつぼ》の女御《にようご》が清涼殿《せいりようでん》に参上なさるらしい物音がした。実に奥ゆかしく優雅な気配で、私たちの幼い女主人のお母さまである亡き中宮がもし生きていらしたら、やっぱりあんなふうに参上なさっただろうにと、みんなで言い合った。たしかにそうで、悲しくなる。

天の門とも言うべき清涼殿を
おなじ天にいながら遠くから眺め
月も私たちとおなじように

昔ここにいた人を恋しがっているだろう

（天の門《あまと》を雲居ながらもよそに見てむかしのあとを恋ふる月かな）

冬の、月もなく雪も降らないけれど星がきれいで、空がくまなく澄みきっているような夜には、道一本隔てた高陽院《かやのいん》で関白どのにお仕えしている女房たちと、よく一晩中おしゃべりをした。夜があけると一人帰り二人帰り、ぽつぽつ減って散会となったものだったが、関白どのの女房の一人がそれを思いだし、私にこう詠んで寄越した。

月もなく花もなく

何の風情もなかったはずのあの冬の夜が

しみじみと恋しいのはなぜでしょうか

（月もなく花も見ざりし冬の夜の心にしみて恋しきやなぞ）

ちょうど私もそう感じていたところだったので、彼女もおなじ気持ちだというのがおもしろく、こう詠んで返した。

あの空気の澄んだ夜
あなたと語り合って流した涙は
氷となって私の袖に
まだ溶けずに残っています
この冬の夜に
あの冬の夜を思いだして
また新しく涙をこぼしていることです
（冴えし夜の氷は袖にまだ解けで冬の夜ながら音《ね》をこそは泣け）

宿直《とのい》のために女主人の近くで横になっていると、池の鳥たちが一晩中鳴いたり羽ばたいたりして騒ぐので、目がさめてしまって、

仮寝の場所で
ゆっくり眠れない憂き目に遭っている私と
おなじようにあの鳥も

水に浮きながらではよく眠れず
羽におりた霜をふり払いたいのだろう
（わがごとぞ水のうきねに明かしつつ上毛《うはげ》の霜をはらひわぶなる）
とひとりごとを言うと、隣で横になっていた女房が、それを聞いてこうこたえた。

水の上の仮寝みたいな宿直を
ほんのたまにしかしないあなたですら
よく眠れないと言うのなら
常時お仕えしている私がどんなに大変で
羽の霜をふり払いたい気持ちでいるか
考えてもみてください
（まして思へ水の仮寝のほどだにぞ上毛の霜をはらひわびける）
親しい女房同士で、局《つぼね》の仕切り戸をあけ放ち、一部屋にしておしゃべりに興じているとき、もう一人の親しい仲間が女主人のところに行っていたので、局に戻るように何度も呼びにやったのに、「どうしても来てほしいというのなら行きますよ」などと言って寄越したので、そばにあった枯れた薄《すすき》に、こういう歌を結びつけて届けた。

冬枯れのこの篠薄《しのすすき》のように
あなたを手招きしすぎて
私は腕がだるくなってしまった
だからもうお呼びしません
風にまかせます
（冬枯れの篠のをすすき袖たゆみまねきも寄せじ風にまかせむ）

上達部《かんだちめ》や殿上人《てんじょうびと》といった位の高い人がやってきたときには、心得のある特定の女房が応待することになっているので、私のように物馴れない田舎者の女房には、そういう人がいらしていることも知らされない。でも、十月上旬のある暗い夜、不断経《ふだんぎょう》の行事があって、ちょうど声のいい僧侶たちが読経する時間だったので、私がもう一人の女房と一緒に、読経の場所に近い戸口にでて、壁にもたれて、僧侶たちのいい声を聞きつつおしゃべりをしていると、身分の高そうな男性がそこに現れた。「あたふたと逃げるようにひっこんで、応待係の女房たちを呼んでくるというのもみっともないわね。構うもんですか、臨機応変というし、このままここにいましょう」と一緒にいる女房が言うので、彼女と男性とのやりとりを、そばで聞いていた。その男性の、物静かで落着いた話しぶりは、なかなか好ましい感じがした。「こちらは？」と彼女に私のことを訊く。そのあとも、世間の男性にありがちな、その場かぎりの好色な戯言《ざれごと》は口にせず、しみじみした気持ちのいい会話を、心のこもった口調でリードしてくれるので、自分が返事をするのはおこがましいと思ったけれど、おし黙っているわけにもいかず、私ももう一人の女房も、話しかけられればこたえていた。「この邸にまだ私の知らない女房がいたとは」と言ってその人はおもしろがり、すぐには去りそうもない。星もなく暗いところに通り雨がきて、さーっと通り過ぎる。その時雨が木の葉をふるわせる音を聞いて、その人は、「かえって風情のある夜ですね。月がくっきりとあかるすぎるのは、お互いの表情なども見えすぎて、きまりが悪く、面映ゆいものにちがいないでしょうから」と言った。それから春と秋の話になった。「季節ごとに見られるものとしては、春霞には趣きがありますね。空がやわらかく霞み、月の輪郭がはっきりとは輝かず、ただ光だけがぼんやり遠くに流れて見えるような、そんな夜に琵琶《びわ》が風香調《ふこうぢよう》でゆっくり弾き鳴らされていたりすると、実にすばらしく聞こえます。でも、一方で秋になれば、月がきわめてあかるく、たとえ霧がでていたとしても、月が手に取れそうに見える。そのくらい空が澄み渡っているところへ、風の音や虫の声が聞こえ、そのすべてが調和しているように感じる。そこへ箏《そう》の琴が奏でられたり、横笛が吹き澄まされたりしようものなら、春などとるにたらないと思わされる。また、そうかと思えば冬の夜の、月はもちろん空そのものまで冴え渡って寒いところに、降り積もった雪が月の光を反射させ、そこへ篳篥《ひちりき》の震えるような音色が聞こえてくるのは、春や秋をよしとする常識も忘れてしまうほどですよ」と語ったあとで、「あなたがたはどの季節に心惹《ひ》かれますか」と訊く。一緒にいた女房が秋に心を寄せてこたえたので、私はそうおなじようには言うまいと思い、

浅緑の空と咲きこぼれる桜
それらが霞にとけて一つになり
ぼんやり見える春の夜の
月に私は心惹かれます

（あさみどり花もひとつに霞みつつおぼろに見ゆる春の夜の月）

とこたえたところ、彼はその歌を何度もくり返し口ずさんで、「では、秋の夜はお見捨てになるのですか」と言い、

それでは今夜から先は
私の命の続くかぎり
春の夜というものを
あなたにお会いした記念に

いとおしむことにしましょう
（今宵より後の命のもしもあらばさは春の夜を形見と思はむ）
と詠んだので、秋がいいと言った女房が、
お二人とも
春に軍配をあげてしまうのですね
それでは
秋の夜の月を見るのは
私ひとりなのでしょうか
（人はみな春に心を寄せつめりわれのみや見む秋の夜の月）
と詠んだ。男性はひどく感じ入り、どちらに味方していいのか困った様子で、「中国《もろこし》でも、昔から春と秋の優劣はなかなか決められないらしいですね。あなたがたがいまそれぞれ判断なさったお気持ちの背景にも、察するに、きっと何かわけがあるのでしょう。人は、自分の心が何かに感じ入ったとき、自分の身に印象深いことやおもしろいことがあったときに、そのままそのときの空の様子や月や花を、心に深く刻み込んでしまうもののようです。あなたがたが春秋を判断なさった背景に、それぞれどんな思い出があるのか、うかがってみたいものです。冬の夜の月は、昔から面白味のないものの例としてよく用いられていますし、まあ、寒いですから格別眺める気にもならなかったのですが、それをくつがえすような、こういうことがありました。以前、斎宮の御裳着《おんもぎ》の儀式の勅使として、伊勢に行ったときのことです。任務を終え、夜あけ前に、帰京のご挨拶をしようと斎宮にうかがいました。数日来降り積もった雪に月がとてもあかるく、旅先にいる心細さに加えて、ほかの場所とは違ってここは神域なのだと思うと、なんとなく畏れ多い気持ちにもなっていました。しかるべき部屋に招き入れられ、そこには円融院《えんゆういん》のころから五代にわたってお仕えしているという女房がいたのですが、まったく神々しいまでにお年を召した、古風な様子のその人が、実に優雅な物腰で、古い思い出話をたくさんしてくださり、ときどき涙をこぼしたり、よく調律してある琵琶をこちらに差しだして、一曲弾いてくださいと所望されたりし、そのすべてが私にはこの世のこととも思われず、夜があけてしまうのも惜しくて、都のこともすっかり頭から消えてしまうくらい感銘を受けました。それ以来というもの、雪の降る冬の夜の味わいがわかるようになりました。火鉢を抱いてでも縁先にでて坐り、外の景色を眺めるようになりました。あなたがたにも、春と秋にまつわるそういうご経験がきっとあったのでしょう。ということは、今夜からは、暗い闇夜に時雨《しぐれ》がぱらつけば、またお互い心にしみて風情を感じることになるでしょう。私にとってこの夜は、斎宮での冬の夜にまさるとも劣らないものになりました」と話した。それで別れたのだが、私は、自分が誰であるか相手にはわからないだろうと思った。

翌年の八月に、女主人が宮中に参内なさるときにお供をしたのだが、その夜は一晩中、殿上人の居室で管弦の会があった。私はあのときの男性がいらっしゃることも知らず、その夜は女房たちの局にいて、廊下の戸をあけて外を見ていた。あけがたの月が淡くかすかに浮かんでいて美しかった。すると管弦の会が終り、退散する人々の足音が聞こえ、歩きながらお経を口ずさむ人などもいた。それがあのときの男性で、私のいる戸口で立ちどまり、何か話しかけてきたのでこたえたところ、それが私だとふいに気づいたようで、「あの時雨の晩のことを、片時も忘れず恋しく思っていました」と言った。ゆっくり返事をしている余裕はなかったので、

　ほんのわずかな
　木の葉にそそぐ時雨ほどの
　その場かぎりのことでしたのに
　どうしてそれほど思いだされたのでしょう
　　（何さまで思ひ出でけむなほざりの木《こ》の葉にかけし時雨ばかりを）

と詠んだが、それも言い終らないうちに他の人たちがまたどっと来た。私はそのまま局の奥にひっこんで、その晩には退出してしまった。

　彼があの時雨の晩に私と一緒にいた女房を探しあて、私あての返歌をことづけたということを、あとになって聞いた。「『あのときみたいに時雨の降るような夜に、私の知っているかぎりの曲を、琵琶で弾いてお聞かせしたい』とおっ

しゃってたわよ」と言われ、ぜひ聞きたくてその機会を待ったけれど、そんな機会は全然ない。

翌年の春ごろ、のどかな感じの夕方に、彼が来ているようだと聞いて、あの時雨の晩に一緒にいた女房と二人で、そっと局からでようとした。でも外には人が大勢いて、御簾《みす》の内側にも例によって他の女房たちがいたので、でるにでられずひき返してしまった。彼もやはり遠慮したのだろうか、しっとりした夕暮れを見はからってやってきたものの、人出が多くて騒がしかったので、帰ってしまったようだった。

岸辺のあまびとよ
加島をほんのすこしかいま見て
なるとの浦へ漕ぎ離れていくように
思いこがれ
戸口でひき返した私のせつなさを
わかってくださったでしょうか

（加島見て鳴門の浦に漕《こ》がれ出づる心は得きや磯のあまびと）

私はそんな歌を詠んだが、それっきりだった。あの人は人柄も誠実で、世間一般にありがちな下世話なところのない人なので、誰それはいまどこで何をしているのか、などと穿鑿《せんさく》するようなことはせず、そのまま、いつか時が過ぎてしまった。

神仏参り

いまでは、若いころ浮ついた料簡《りょうけん》で過ごしてしまった情なさが身にしみてわかり、それにしても、そのころ神仏をお参りにちっとも連れて行ってくれなかった親もどうかと思う。でもいまは、裕福になって幼い子供を好きなだけ贅沢《ぜいたく》

に育てられますように、私自身も倉に積みきれないほど財産ができますように
と願っているし、さらにまた来世のこともちゃんと願わなきゃ、と気をひきし
めて、十一月の二十何日かに石山寺《いしやまでら》にお参りに行く。
雪がはげしく降り、道中の景色には風情があった。逢坂《おうさか》の関《せき》を見ると、子供
のころにここを越えて上京したのも冬だったなと思いだされて、まさにそこに、
あのときとおなじように風が荒々しく吹き渡った。

逢坂の関に吹く風の音は
昔聞いた風の音と
ちっとも変らないことだ
（逢坂の関のせき風吹くこゑはむかし聞きしに変らざりけり）

関寺が堂々と立派に建てられているのを見ても、かつて上京したとき、造り
かけの仏さまの顔だけが見えたことを思いだし、歳月が流れたことをしみじみ
感じる。
打出《うちいで》の浜のあたりも、以前に見たときと変らない。日の暮れかかるころに到

着し、沐浴所《もくよくじょ》で身を清めてから本堂に入った。ひっそりしていて人の声もなく、山から吹きおろす風がいかにもおそろしい音を立てていた。勤行の途中でついうとうととまどろむと、「中堂から麝香《じゃこう》を頂戴しました。早くあちらに知らせなさい」と誰かに言われる夢を見た。はっとして目をさまし、ああ、夢だったのかと思ったが、縁起のいい夢である気がして、一晩中勤行に励んだ。

翌日も、雪がはげしく降り荒れていた。宮家で親しくしていた女房が、おなじときにやはり参籠していたので、彼女とよもやま話をして心細さをなぐさめた。

三日間参籠し、家に帰った。


その翌年の十月二十五日、大嘗会《だいじょうえ》に先立って天皇が賀茂川で斎戒《さいかい》する行事があって、世間では大騒ぎだったが、私は初瀬詣《はつせもうで》のためにすでに準備の精進を始めていたので、その行事の当日に京を出発することにした。周囲の人はみんな、「天皇の即位後一世一度の見もので、田舎《いなか》の人だって見物に上京して来るのに、わざわざその日に――他にも日はいくらでもあるのに――京を離れるなんて正気の沙汰じゃない。のちのちまで語り草になりますよ」と言った。兄もおなじ意見で、その日に出発する私に腹を立てていたが、私の子供たちの親である夫は、「どんなふうにでも、あなたの気のすむようにしなさい」と言って出発させてくれた。そう言ってくれたことはありがたかった。私に同行する従者たちのなかにも、天皇の儀式をすごく見たそうにしている者たちがいて、彼らには気の毒だったけれど、〝見物なんかして、何になるというのだろう。こういうときにお参りする心掛けを、仏さまはきっと殊勝だと感心してくださる。そうすればご利益だって得られるだろう〟と心に決め、その日の早朝、まだ暗いうちに京を出た。儀式の行列が通るのとおなじ二条の大路を下って行くと、私たちが一目でお参りに行くとわかる恰好《かっこう》――先頭の者は仏に奉納する燈明を持っていたし、供の者はみんな神仏に仕える際に着る白い着物姿――だったので、大勢の、儀式見物にでてきて桟敷《さじき》に席を取ろうと右往左往していた馬上の人や牛車の人や徒歩の人が、「あいつらは何だ？　あいつらは何だ？」と不審そうに言って驚いたり、ばかにして笑ったり、悪態をついたりした。

良頼《よしより》の兵衛督《ひょうえのかみ》という人の家の前を通りかかったとき、その家の人たちも桟敷に見物にでかけるのだろう、門を広く押しあけて、そこに立っている使用人たちが「あれは神仏参りに行く人らしいな。きょうでなくても、他にいくらでも日があるだろうに」と笑うなか、なんと物のわかった人だろうか、「儀式を見物して、いっとき目を楽しませたからといってそれが何になるだろう。殊勝にも思い立って神仏参りに行くなんて、仏さまのご利益をきっとお受けになる人にちがいない。浮かれ騒ぎなどくだらない。見物などやめて、あのようにお参りすることを思いつくべきだった」と真面目につぶやいた人が一人だけいた。

見物の人たちが道にあまり溢れる前にと思ってまだ暗いうちに出発したので、遅れて出発した人たちと落ち合う必要があった。また、霧がとても深かったので、それがすこし晴れるまで待った方がいいとも思って、法性寺《ほうしょうじ》の正門で立ちどまっていると、田舎から見物に上京してくる者たちが、水の流れのようにひきもきらない。道いっぱいに広がって、よけきれないほどだ。物の風情などわかりそうもない貧しげな子供たちまで、人波をよけて逆方向に向かっている私たちの車を見て、驚いたり呆れたりする。そういう人たちに行きあうと、ほんとうに、何だってこんな日に出発してしまったのだろうと思われもしたが、そんな気持ちをふり捨て、ひたすら仏さまをお祈りしながら宇治の舟着き場に着いた。そこもまた、こちら側に舟で渡って来る人たちで混雑していた。渡し守たちは、客が無数にいるので得意になって慢心し、袖をまくりあげ、棹《さお》にのんびり寄りかかってみせたりして——棹の先に顔を寄せてポーズをとっている——すぐには舟を岸に寄せず、舟唄など口ずさんであたりを見回し、ひどく澄し返っている。いつまでたっても渡れそうにないので、仕方なく周囲をつくづく眺めた。ここは源氏物語のなかで、浮舟たちが住んでいた場所だ。どうして彼女たちをここに住まわせることにしたのか、以前から興味を持っていた場所なのだった。なるほど風情のあるところだなと思いながら、やっとのことで川を渡り、関白どのの領地である宇治殿におじゃました。その邸内の設《しつら》えを見たときも、浮舟はこういうところに住んでいたのかしら、と、まず考えてしまった。

早朝に出発してきたのでみんな疲れていて、やひろうちというところで休憩し、食事などしているときに、供の者たちが、「この先は盗賊がでることで有名な栗駒山《くりこまやま》ではないか。日も暮れてきた。みんな弓矢を手離さないように」などと言い合っているのを、おそろしい気持ちで聞いた。

その栗駒山を無事に越え、贄野《にえの》の池のほとりについたころには山に日が沈みかけていた。「もう宿の手配をしなくては」と言って、供の者たちが手分けして泊るところを探したが、あいにく中途半端な場所なので、「ひどくみすぼらしい、貧乏人の小さな家しかありません」と言う。仕方がないのでそこに泊った。「この家の人たちはみんな京に行っていて留守です」とのことで、みすぼらしい下男が二人いるだけだった。早起きをしたのに、夜になっても私は不安で眠れなかった。二人の下男が出たり入ったり歩きまわっていて、奥にいたこの家の下女たちが、「どうしてそんなに歩きまわるの?」とでも訊いたらしく、「いやなに、気心も知れない他人を泊めているのだから、万が一釜でも盗まれたりしたらいけないと思って、寝てもいられず見回っているんだ」と、私たちが寝ていると思ってこたえるのが聞こえた。おそろしかったが、可笑しくもあった。

翌朝そこを出発し、東大寺に寄って拝んだ。

次に寄った石上神宮《いそのかみじんぐう》は、〝古《ふる》〟の枕詞になるだけあってほんとうに古びていて、胸が痛むほど荒れ果てていた。

その晩は、山辺《やまのべ》という土地にあるお寺に泊り、かなり疲れてはいたが、お経をすこし読んでから寝た。すると、夢のなかで私は、ことのほか気品があって清らかな様子の女性の前に立っていた。風が強く吹いていて、女性は私を見て微笑《ほほえ》み、「何のご用でいらしたのですか?」と訊く。「どうして来ずにいられましょうか」とこたえると、「あなたは宮中にこそいるべきです。博士の命婦によく相談してごらんなさい」と言われた。目がさめてからもなんとなく嬉《うれ》しく、頼もしい感じもして、ますます熱心に仏さまを拝みながら、初瀬川を通りすぎ、長谷寺に到着した。お祓《はら》いをして身を清めてから、三日間参籠した。あけがたに帰るつもりで、ほんのすこしまどろんだその夜、御堂の方から、「さあ、稲荷大社から賜った、霊験あらたかな杉ですよ」という声と共に、物をこちらに投げだすような音がして、はっとして目をさますと、それは夢なのだった。

あけがたまだ暗いうちに出発した。途中に宿がうまく見つけられず、奈良坂の手前にある家に泊めてもらった。これもひどくみすぼらしい小さな家だった。「ここはあやしいな。寝ずにいてください。何が起こるかわからないから。絶対に、こわがって騒いだりしてはだめですよ。息をひそめて、じっと横になっていてください」と供の者が言うので、非常に不安でおそろしかった。夜があけるまでに千年もかかった気がする。やっと夜があけ始めたころに、供の者がまた、「これは泥棒の家です。女主人がどうも胡散《うさん》臭い」などと言うのだった。

風の強い日に宇治川を渡ったのだが、魚を獲るための仕掛けが舟のすぐそばに見えた。

これまで話に聞くだけだった
宇治川の仕掛けを

きょうはそこに立つ波の数まで
かぞえられるくらい近くで
しっかりと見たことだった
（音にのみ聞きわたりこし宇治川の網代の浪も今日ぞかぞふる）

二、三年、あるいは四、五年の間隔をあけて経験したことを、こうして順序もかまわず書き連ねていると、まるで神仏参りばかりしている修行僧みたいだけれど、実際にはそうではなく、これらの神仏参りは、何年かの間隔をあけて実行したことだ。

春ごろ鞍馬寺《くらまでら》に籠った。山際の空一面に霞がかかり、のどかだった。地元の人たちが山で掘った野老芋《ところいも》を持って戻ってきたりするのも、ひなびた風情があっておもしろい。参籠を終えて下山するときの道は、桜もみんな散ってしまっていたのでこれといって見るべきものはなかったが、十月ごろにもう一度お参りに行くと、道中の山の景色はそのときの方が断然すばらしかった。山全体が、色鮮やかな布をひろげたようになっており、そこを勢いよく流れていく水は、水晶の玉を散らしたみたいに泡立っていた。それはもう、どこの景色にも増していい景色なのだった。お寺につき、僧侶のいる建物に行ったときにはすこし雨がぱらついたのだが、その時雨《しぐれ》に濡れて、ひとしお色の映えた紅葉がまた格別の美しさだった。

　この奥山の
紅葉の錦は無類の美しさだけれど
時雨はいったいどんな降り方をして
ほかよりも色濃く染めあげたのだろうか
（奥山の紅葉の錦ほかよりもいかにしぐれて深く染めけむ）

と感じ入りながら眺めた。

二年ほど経って、また石山寺に籠ったのだが、一晩じゅう雨が激しく降り続き、旅先の雨はほんとうにわずらわしくていやだと思いながらその雨音を聞き、蔀戸《しとみど》を押しあげて外を見ると、あけがたの月がでていて、谷の底まではっきり見えるほど空気が澄んでいた。雨だと思っていたものは、木の根をくぐって川の水が流れる音だったのだ。

谷川の流れが
雨音みたいに聞こえたけれど
雨などまったく降っていないばかりか
ほかのどこよりも格別に美しく
あけがたの月がでていることだ
（谷川の流れは雨と聞こゆれどほかより異《け》なる有明の月）

また初瀬詣に行ったのだけれど、前回とは違ってとても安心で心強い旅路だった。いろいろな人が招待して接待してくれたのだ。こちらとしても、寄らないわけにはいかなかった。山城の国の柞《ははそ》の森《もり》というところを通ったときは、ちょうど紅葉がとてもきれいな季節だった。初瀬川を渡るとき、

こうしてくり返し初瀬川を渡り
くり返しお参りしているのだから
いつかの夢にでてきたありがたい杉の力に
今度こそあやかれるのではないかしら
（初瀬川たちかへりつつ訪ぬれば杉のしるしもこのたびや見む）

と思えたのも心強いことだった。

三日間参籠して帰途についたのだが、途中、前回泊った奈良坂の手前の家は、小さすぎて今回の旅の人数では入りきれないので、草木を編んで、野原に間に合せの庵《いおり》を造り、私たちはそのなかに泊って、供の者たちはまわりで野宿をした。庵に寝た私たちも、草の上に毛皮の腰巻を敷き、その上にむしろを敷いただけの頼りない設えのなかで夜をあかし、露がおりて髪が濡れるほどだった。でも、あけがたの月の光がすばらしく澄みわたり、この世ではない場所のように美しくてすてきだった。

泊る場所もない

心細い旅の空にも
遅れずについてきてくれるのは
都でもいつも見ている
このなつかしいあけがたの月だ
（ゆくへなき旅の空にもおくれぬは都にて見し有明の月）

そこそこ安定した暮しであるのをいいことに、こんなふうに神仏参りの遠出をして、道中のあれこれをおもしろがったり厄介がったりしながら、それが自然と気分転換にもなる、そんな安易なお参りだが、それでもご利益があるかもしれないと思うと、頼もしく心強い。さしあたってつらいと思われることがないまま、私はただ幼い子供たちが早く立派に大きくなってくれればいいと思いながら過ごし、子供たちが大きくなるまでの、年月の歩みが待ち遠しかった。そして、頼りにしている夫がひとなみに任官してくれたらどんなにうれしいだろうかと、それればかり一心に願っているのも、期待に胸のはずむことだった。

昔、特別親しくしていて、夜となく昼となく歌のやりとりをしていた人で、ながい年月が経っても——昔ほど頻繁にではないにしろ——絶えず消息を知らせ合っていた人が、越前《えちぜん》の守《かみ》の妻となって越前に下って以来音信不通になっていたので、なんとかつてをたどって、私の方から、

これまで絶えることなく
続いてきた私たちの友情の火も
いまは絶えてしまったのですね
あなたの住む越《こし》の国あたりに
降り積もる雪の深さに埋もれて
（絶えざりし思ひも今は絶えにけり越のわたりの雪の深さに）
と詠んで贈ると、こういう返歌がきた。
白山の雪に埋もれた
小石のような私ですが

心のなかの友情の火は
　雪ごときでは消えません
　（しらやまの雪の下なるさざれ石のなかの思ひは消えむものかは）

三月上旬に、かつて住んでいた西山の家のあたりに行ってみたが、そこには人影もなく、のどかに一面霞がかかっていて、しみじみ淋しく感じられた。ただ桜だけがそこに咲き乱れていた。

人里から遠く
あまりに奥深いこの山路には
花見の人々さえ
やっては来ないのだなあ
　（里遠みあまり奥なる山路には花見にとても人来《こ》ざりけり）

夫とのあいだがうまくいかなかったころに、太秦《うずまさ》の広隆寺《こうりゆうじ》に籠っていたら、そこへ、宮仕え時代に親しくしていた女房から手紙が届いた。返事を書いているとき、鐘の音が聞こえてきたのでこう詠んで贈った。

いろいろとわずらわしい
俗世のことを忘れたくて
ここに籠ったのに
忘れることもできなくて
夕暮れの鐘の音が
心細く聞こえます
（繁かりしうき世のことも忘られずいりあひの鐘の心ぼそさに）

うららかな日のさすあかるい日に宮家にでかけ、昔の仲間三人でおしゃべりをして帰ったのだが、その翌日、なんだか所在なく、彼女たちと宮仕えをしていた日々が、なつかしく思いだされた。それで、いまも現役の女房である二人にあてて、

荒磯に
寄せる波に袖を濡らすように
つらくて涙の乾くまもない
宮仕えとは知りながら
一緒に水にとびこむつもりでそこにとびこんだ
あの日々がいまはなつかしいです
（袖ぬるる荒磯浪《あらいそなみ》と知りながらともにかづきをせしぞ恋しき）
と詠んで贈ったところ、一人からは、
荒磯なんて
漁をしても収獲もなく
ただむなしく
海人《あま》の袖が濡れるだけです
私の宮仕えもおなじようにむなしく
いまも涙にくれています

（荒磯はあされど何のかひなくてうしほに濡るる海人の袖かな）

という返事がきて、もう一人からは、

海松布《みるめ》でも生えていないかぎり
荒磯の波間《なみま》をかいくぐり
漁をする海人もいないでしょう
私はあなたに
たまにでも会えるからこそ
いまも宮仕えを続けているのです

（みるめ生《お》ふる浦にあらずは荒磯の浪間《なみま》かぞふる海人もあらじを）

という返事がきた。

気が合って、こんなふうに便りを交し、人生や世間の悲喜こもごもを互いに語り合っていた友人が、夫に同行して筑前《ちくぜん》に行ってしまった。そのあとの、月のとてもあかるい夜に、昔、こういう月夜に宮家に行って、その友人といっしょに一晩じゅう月を眺めて過ごしたものだったのに、と恋しく思いながら寝たところ、夢のなかで、宮家で彼女と落ち合い、昔とおなじようにお仕えしていた。はっと目をさますと、夢なのだった。すでに月も西の山に沈みかけていた。もっとこの夢を見ていたかった、と、とても名残り惜しく、こんな歌を詠んだ。

夢からさめ
布団が浮くほど涙を流しました
会いたいと彼女に伝えてください
筑前と同じ西へ
沈んでいく月よ

（夢さめて寝覚の床の浮くばかり恋ひきと告げよ西へゆく月）

ちょっと用事があって、秋ごろ、兄の住む和泉《いずみ》にでかけた。淀《よど》という舟着き場から舟に乗ったのだが、道中の景色のすばらしさは、とても言葉では書き尽せそうにない。

高浜というところに停泊していた夜、とても暗くて、時間もかなり遅かったが、舟の櫂《かい》の音が聞こえた。供の者が尋ねているのが聞こえたのだが、遊女《あそび》がやってきているのだった。みんなよろこんで、遊女の舟をこちらの舟につけさせた。遠くの灯火に照らされ、単衣《ひとえ》の袖を外側に着た袿《うちき》のそれよりも長くだす、派手で独特な着こなしで、扇をかざして顔を隠して歌を歌う。その様子は実に美しく、哀愁にみちている。

翌日、ちょうど山に日が沈むころに住吉《すみよし》の海岸を通り過ぎた。空と海の境目が見えないくらい霧が立ちこめ、そのなかにある松の梢も海面も、また、波の寄せる渚あたりも、絵に描いたところで到底及ばないほどの、すばらしい眺めだった。

どうやって言いあらわし
何にたとえて説明すれば伝わるのだろう
この美しい
住吉の浦の秋の夕方の風情は

（いかに言ひ何にたとへて語らまし秋のゆふべの住吉の浦）

と感じ入っているうちにも舟は進み、ふり返って何度眺めても見飽きない景色だった。

冬になって和泉から帰京したのだが、大津という海岸から舟に乗ると、その夜は雨と風が岩をも動かさんばかりに吹き荒れて、雷まで鳴りとどろき、波の立つ音や風の吠える音のおそろしさといったら、私の命もこれまでかと思うほどだった。丘の上に舟をひきあげて夜をあかした。そのうちに雨は止《や》んだが、風はまだ強くて舟がだせない。どこへとも行き場のない丘の上で五日も六日も過ごした。やっと風がすこしおさまったころに、舟の簾《すだれ》を巻き上げてあたりを見渡すと、夕潮がどんどん、みるみる、あっというまに満ちてきて、入江で鶴がしきりに鳴くのも風情があった。和泉の国の役人たちが様子を見にやって来て、「あの夜、もしここに舟をあげずに航海を続けて、石津に着こうとでもなさっていたら、いまごろこの舟は跡形もなく、こなごなになっていたでしょう」と言うのでぞっとした。

荒れ狂う海に
もしこの風がくる前に船出していて
石津の波に呑《の》まれて消えてしまっていたら
ああ　どんなだっただろう
（荒るる海に風よりさきに舟出して石津の浪と消えなましかば）

老境

この世間を生きるために、わずらしいこともあれこれ努力してきたつもりではあるが、たとえば宮仕えにしても、はじめからそれ一筋に身を入れてお仕えしたというのならともかく、たまにふらっと出仕したくらいでは、どうなるものでもないようだ。私はもう盛りを過ぎてしまったし、いつまでも、若い人たちのようなまねをしているわけにもいかないと思い始めたところへ、病気も重くなってしまい、いまはもう、かつてしていたように、好きなだけ神仏参りをすることもできなくなった。それでたまの外出もなくなり、この先自分がそう長生きするとも思えないので、子供たちの行く末を、なんとか自分が生きているうちに見届けておきたいと、寝てもさめても心を痛めて願っていた。頼みの綱の夫の、いいところへの任官の知らせを、待ち遠しい気持ちで待ち願っていたところ、秋になり、待望の知らせがきたかに思われた。けれど期待とは違う場所――信濃《しなの》だ――への任官で、ほんとうに不本意で残念だった。まあ、父のころから何度か味わわされた東国よりは近い場所であるらしいので、これも役目とあれば仕方がないとあきらめて、すぐに慌しく旅仕度をした。出発する場所として、嫁いだ娘の新しい家に、八月十何日かに移ったのだが、その後何が起きるかも知らず、その引越しのときの私たちは活気に満ち、人も大勢集まっていて賑やかだった。

八月二十七日、任地に下る夫に、息子もついて行った。たたいて艶をだした紅の袿《うちき》に、表が蘇芳色《すおういろ》で裏地が青の襲《かさね》を着て、紋様を織りだした、青と濃紫《こむらさき》のまざった色合いの袴をはき、刀を腰にさげて、父親のあとについて歩いて行く。夫も、紋様を織りだした青鈍色《あおにびいろ》の袴をはき、狩衣《かりぎぬ》を着ていた。渡り廊下のあたりで二人とも馬に乗った。一行が賑やかに大騒ぎして出発してしまうと、ひどく淋しく手持ち無沙汰になったが、そう遠い場所ではないと聞いていたし、以前、父が常陸《ひたち》に下ったときほどには心配しなかった。途中まで見送りに行った人たちが翌日帰ってきて、「ことのほかご立派に出発なさいました」と報告し、「あけがた、ひどく大きな人魂《ひとだま》が現れて、京の方角に飛ぶのが見えました」とも言ったのだが、それは誰か供の者の人魂だろうと思い、気にもとめなかった。それが不吉なことの前ぶれだとは、思いもしなかったのだ。

夫のいないあいだは、なんとしてもこの子供たちを一人前にしなくてはと、それればかり考えていた。翌年の四月に夫は京に戻り、夏も秋もそのまま過ぎた。けれど九月二十五日に病に倒れた夫は、十月五日に世を去った。とても現実とは思えず、ただ茫然《ぼうぜん》とそれを見ていた私の気持ちは、この世の何ともくらべられない。かつて、母が初瀬に鏡を奉ったとき、その鏡に倒れ伏して泣いている姿が映っていたというのは、このことであったのだ。うれしそうだったという方の姿は、これまで身に覚えがない。この先もないだろう。十月二十三日、夫がはかない煙となって空に昇る夜、去年の秋には立派な装いで、人々にかしずかれながら父親のお伴をして下って行った息子を見送ったものだが、その息子がまっ黒な喪服の上に忌わしい白い素服を着て、亡骸《なきがら》を運ぶ柩車《きゅうしゃ》のあとにくっついて、泣きながら歩いて行く。それを見送る私は胸がつぶれた。どうしても去年の秋の光景が思いだされて、まったくたとえようもなく悲しく、ぼんやりと、悪い夢のなかにいるような思いでいた。そんな私を、夫は空から見ていてくれただろうか。

昔から、役にも立たない物語や歌にばかりかまけているのではなく、昼も夜も心をこめて勤行に励んでいれば、こんなにはかない人生を生きずにすんだだろう。初瀬に最初に参籠したとき、「さあ、稲荷大社から賜った、霊験あらたかな杉ですよ」と言って何か投げられた夢を見たあと、すぐその足で伏見の稲荷大社にお参りに行っていれば、こんな不幸なことにはなっていなかっただろう。長年にわたって私が見た、「天照御神《あまてるおおんかみ》をお祈りしなさい」という夢は、夢判別の占い師によれば、私が高貴な人の乳母になって、宮中で、帝《みかど》や后《きさき》の厚い庇護《ひご》を受けるしるしだとのことだったが、そんなの何一つ当らなかった。悲しんでいる女という、鏡に映った姿だけが当ったのが、悲しくて情ない。こんなふうに、何一つ願いが叶うことなく終った女、それが私なのだから、いまさら功徳を積んだりもせず、ただなんとなく生きている。

こんなに不運なのだから、命もわけなく尽きるかと思いきや、やはりそれはまた別な問題であるらしく、辛いながらも命だけはまだながらえている。功徳を積まずにきたので来世の安楽も得られないだろうと不安だが、それでも、一縷《いちる》の望みがあった。それは、夫の死の二年前、天喜《てんぎ》三年十月十三日の夜に見た夢で、私の住む家の軒先の庭に、阿弥陀仏《あみだぶつ》さまがお立ちになったのだ。はっきりとお姿が見えたわけではなく、霧が一枚かかったように、ぼんやりと透けていらした。それでもその霧のすきまから、二メートルくらいの丈の仏さまが、蓮華座《れんげざ》の上にいらっしゃるのが見えた。その蓮華座は、地面から一メートルくらいのところに浮いていた。仏さまは金色に光り輝いていらして、片方の手をひろげ、もう一方の手は指を曲げて、印相をつくっていらした。他の人たちには見えず、私にだけ見えているらしいので、いくらありがたいお姿とはいえ、なんだかとてもおそろしく、簾《すだれ》にもっと近づいてしげしげ見るなどということはできずにいたのだが、仏さまは、「では、いまは帰って、いずれまた迎えに来ましょう」とおっしゃり、その声も私にだけ聞こえて、他の人には聞こえないという夢だった。はっとして目をさますと、十四日になっていた。あけがたに見る夢は正夢だというし、私はこの夢だけを、極楽浄土の来世への、頼りにしている。

おなじ家に住み、朝晩顔を合せていた甥《おい》たちとも、夫の死という悲しい出来事を境にべつべつに暮すようになったりして、誰かに会うことはもう滅多にない。でも、とても暗いある夜に、六男坊である甥が訪ねてきた。めずらしいなと思い、

月もない闇夜の姨捨山《おばすてやま》に
夫も失い　捨てられたも同然の私を
今夜あなたは
どうして訪ねてくれたのでしょう

（月も出でで闇にくれたる姨捨《をばすて》になにとて今宵《こよひ》たづね来つらむ）

と、つい呟いた。

それまで親しくしていた人から、夫の死後、ふっつり音信が途絶えたので、こう詠んで贈った。

あなたが連絡をくださらないのは
いまはもう私がこの世にいないものと
思っているからなのでしょう
ああ　泣き続けながらも
私はまだなお生き続けているのに
（今は世にあらじものとや思ふらむあはれ泣く泣くなほこそは経《ふ》れ）

十月ごろ、月が大層あかるく輝くのを泣きながら眺めて、こういう歌を詠んだ。

とめどなく流れる涙で
曇ってしまった私の心にも
あかるく輝かしく見える

今夜の月はそのくらい美しい

（ひまもなき涙にくもる心にも明かしと見ゆる月の影かな）

月日は過ぎ去っていくけれど、とても現実とは思えなかった夫の死の前後のことは、心が乱れ、目の前がまっ暗になってしまって、いまもはっきりとは思いだせない。

一緒に住んでいた人たちもみんな離ればなれに暮すようになり、住み慣れた家に私は一人で、ほんとうに心細いし悲しい。いろいろな思いが錯綜して眠れない夜を過ごすのがつらくて、ひさしく音沙汰のない人にこう書き贈った。

荒れた家に
ますます蓬《よもぎ》が生い茂り
その露に濡れながら
誰も訪ねてくれない淋しさに
声を立てて泣いてばかりいます

（茂りゆく蓬が露にそぼちつつ人に訪はれぬ音《ね》をのみぞ泣く）

その人は尼なのだが、こういう返歌を贈ってくれた。

蓬？

普通のお家の

ごくありふれたことです

想像してもごらんなさい

すっかりこの世を捨ててしまっている私の家の

庭の草むらがどんなか

（世のつねの宿の蓬を思ひやれそむきはてたる庭の草むら）

全集版あとがき

閉じ込められているふくらみ

印刷技術のない時代に書かれたものが、何人もの人の手を経て――おそらく、ときに書き写し間違えられたりもしながら――、現在まで残っているというのは驚くべきことです。いつの時代にも、人がそんなにも物語を必要としていたということは。

今回、現代語訳の機会をいただいて、大胆なことをしたい誘惑に一瞬駆られました。思いきり現代小説の作法で書き直してみたい、という誘惑です。けれど『更級日記《さらしな》』という一編は、そんなことをしなくても、奇妙かつ十分に現代的でした。都生れとはいえ父親の仕事の都合で田舎《いなか》で育った一人の少女が、雅やかな物語の世界に憧れる。望み叶って都に戻るや物語ばかり読み耽り、自分もいつか高貴な男性に見初められ、物語みたいな暮しをしてみたいと考える。けれど現実はそのようではなく、苦労の多い宮仕えや、物語とはまるで違う結婚生活に失望します。それで、何をするかと思えば、いきなり神仏参りに熱中し始めます。いまで言うパワースポット巡りです。ああ、女の一生——。と、こうまで現代的な（というより現代が古典的なのかもしれませんが）ストーリーラインを持つ物語であれば、古典らしい文章背景のなかに置いた方が、作者菅原孝標女《すがわらのたかすえのむすめ》の、時代を考えれば突飛なまでののびやかさとクールさが、際立つはずだと思い直しました。

それで、できるだけ無加工な訳を心掛けたのですが、ほんのすこし手を加えたのが章立てです。原文にはありません。随分ながい年月の物語ですし、年月に比してコンパクトにまとまっているので、章を立てた方が時間がゆっくり流れるというか、部分部分に閉じ込められているふくらみを、とき放てると思いました。

また、『更級日記』は日記文学であると同時に、家集的性質も備えています。家集とは、個人またはその家の歌集。いわば思い出のアルバムです。

それにしても、平安時代おそるべしです。この人たちの発想のおおらかさ、旅のワイルドさ。『更級日記』のいちばんの読みどころは、当時の人々の大胆で豊かなライフスタイルにあります。家屋というものに対する感覚（ある意味での執着のなさ）や、夢の持つ意味（人知を超えた、宗教的な啓示）はいまとまるで違っていますし、結婚のありようも子供との関係も、いまよりずっと野性的です。お客さんが帰ったとか桜が散ったとか、ささやかなことで大泣きする人々であるのも、しみじみとおもしろい。

いまとは価値観の違う時代、愛よりもお金を望む方がずっとまっとうとされた時代に、書物によって愛への憧れをかき立てられ、望んでしまった女性の物語を書いた菅原孝標女は、十九世紀にイギリスで花開いたガヴァネス文学のはるかな先取り、シャーロット・ブロンテの大先輩と言えるかもしれません。

最後まで迷いましたが注釈はつけませんでした。ただ、百二十七頁にでてくる「尼君」が、主人公のお姉さんの乳母で、お姉さん亡きあと世をはかなんで出家した人なのだ、という説があることはつけ加えておきます。登場のタイミングや文章の雰囲気から、そうであればつじつまが合いますし、そうであるならば読む人にぜひ知ってほしいと思うからで、でも、ほんとうにそうかどうかは、お姉さんのお墓の場所（家屋に対する執着のなさと同質のものが、ここでも見られます。遺体を運んで野原で灰にし、そこが漠然とお墓で、正確な場所は家族にもわからないのですから）と同様、確かめる術がありません。

三十年以上前、高校の古文の授業中に教科書を音読するように言われて、菅原孝標女をすがわらたかひょめと読んでしまった人間が訳者を務めたことで、作者が気を悪くしていないことを願いつつ。

参考文献

・『更級日記』　秋山虔　校注（新潮日本古典集成）新潮社　一九八〇年
・「更級日記」犬養廉　校注・訳（新編日本古典文学全集26『和泉式部日記　紫式部日記　更級日記　讃岐典侍日記』所収）小学館　一九九四年

文庫版あとがき

『更級日記』は日記とはいえ日々の記録ではなく、あとからふり返って書かれた回想録で、だから当然、何を書いて何を省くか取捨選択されています。その選択が、ものすごく変っている。たとえば最初の「旅」の章では、通過した土地土地の描写より、その土地で誰かに聞いたという、真偽の程もわからない話の方が熱心に描写されています。朝廷の火焚き係と帝の娘のロマンスとか、川を流れてきた予言の紙とか。子供のころに旅先で一度聞いただけの話を何十年も憶えているのみならず、自分の生涯をふり返る書物に事細かく記すというのはどれだけ物語好きなのかと驚きます。他の章でも取捨選択が現代の感覚で見ると奇妙で、たまたま会った人たちとの歌のやりとりは克明に記されているのに、夫との出会いやりとりは省かれ、複数いるらしい子供についても、いつ産んだのか、どんな子たちなのか、何人いるのか不明のままです。菅原孝標《すがわらのたかすえの》女《むすめ》が書き残したかったのは自分の生涯ではなくて、それを例にとった世相だったのかもしれないと、現代語訳を終えて何年もたったいま、私は思うようになりました。だとすると、かなりシニカルな視座を持った書き手です。

おもしろいなと思うのは、美しい風景を見て、「まるで、見事な絵の描かれた屛風を立ててならべたみたいな景色」だと思ったり（だって、それは、逆では？）、雪を頂いた富士山を、「色鮮やかな肌着の上に白い衵《あこめ》だけを着た、幼い人のように見える」と形容したりするセンスで、率直というか斬新というか大胆というか、きっと、会って話したらおもしろい人だったんだろうなあ。

主人公がお姉さんと二人で夜ふかしをしていて（私は平安時代の文学にも文化にもくわしくないのでほんとうのところはわかりませんが、この本で読む限り、平安時代の貴族たちはみんな、いつ寝てるんだ？　と思うくらい夜ふかしで、さまざまな活動を夜にしています）、隣の家でくりひろげられる恋愛の寸劇に意見を言い合う場面が私は好きで、取捨選択された日記に敢えてこの日常の一コマ（まるで現代小説の一場面みたいです）を入れる感度のよさにしびれるのですが、そのお姉さんが亡くなったとき、お墓の場所と、そこを訪ねた乳母を巡って家族がえんえんと続けるやりとりも、なんともいえず可笑しい。『更級日記』には、笑ってしまうところが結構あります。だいたい、和歌の掛け詞というのがきわめて駄洒落に似ているわけで、イギリス人にヒューモアの大切さを説かれるまでもなく、日本人も古来それを駆使してきたのだとわかります。その意味でも、『更級日記』のラストは最高。人を食っています。侘《わび》しさを張り合うような和歌の応酬はどこかユーモラスで、植物のおかげか逆に生命力に満ち、おおらかで、余裕すら感じさせます。二人の女性に大いに共感してしまうのは、いまの時期（七月上旬）、私の家の庭も雑草が野放図にはびこり放題だからかもしれません。

二〇二三年七月

江國香織

解題

原岡文子

　薬師仏に密かに祈り続けるほど、渇くようにもの狂おしい孝標女《たかすえのむすめ》の物語への憧れの始発は、どこか懐かしい温もりを湛える受領《ずりよう》（国守《くにのかみ》などの地方官）の家族団欒の風景としてまず立ち現れる。東国、上総の地にあって、姉と継母が、『源氏物語』をはじめとする物語についてあれこれ語るのに胸をときめかせながら耳を傾ける十余歳の少女が、『更級《さらしな》日記』の作者であった。その日から、夫を失っての孤愁、寂寥を抱える五十二歳の日々まで、四十年余の生を、四百字詰め原稿用紙百枚にも満たない小さな器に封じ込めたのが、この日記である。

　終末部、「老い」の孤愁への慨嘆から、信濃国「更級」の地にまつわる「姨《おば》捨《すて》」（棄老）伝承を踏まえて名付けられた『更級日記』は、おおよそ①京への旅の記、②物語入手をはじめ京での日々、③宮仕えと結婚、④物詣での日々、⑤晩年の日々、と五部から成る構成である。小品ながら、少女期から晩年に至る長い歳月を射程とする「女の一生」は、この作品固有の世界であって、例えば『蜻蛉《かげろう》日記』など平安朝の日記文学に例がない。『蜻蛉日記』が兼家《かねいえ》の求婚から始まるように、恋や結婚をめぐる記述、或いはまた宮仕えから始発するのが往時の日記等の通例であった。それは、とりわけ女性にとっての内省の起点が、おおよそ恋や結婚、そしてまた宮仕えとなることを語るものでもあろうか。その中で『更級日記』は、それ以前の少女の時代を刻んだところにまず大きな特色がある。しかも全体の約五分の一を占める旅の記は、作者十三歳の九月から十二月までのわずか三箇月に取材するものであって、四十年を越す生の中で、突出した密度で描かれた日々と言える。こうしたことから旅の記のみの早期成立、或いは作者三十二歳の折に初出仕した祐子《ゆうし》内親王の、わずか二歳という年齢から、幼い姫に向ける少女の日々の詳細な語りの試みの成果、という新たな論究も提示されるところである。

一方実は、『更級日記』以前に、同性の友との濃《こま》やかな交歓の歌等、自在で多様な可能性にあふれる少女時代を刻むとされる作品が一つ浮かび上がる。他ならぬ『源氏物語』の作者紫式部の残した家集、『紫式部集』がそれである。『百人一首』にも載せられて名高い「めぐりあひて見しやそれともわかぬ間に雲隠れにし夜半の月かな」の紫式部詠歌は、恋歌の趣も漂わせるものの、しばらく会わずに過ごし、すっかり面変わりした幼なじみの女友達との、束の間の出会いと別れを語るものだったことを詞書《ことばがき》が伝えている。『源氏物語』への憧憬に身を焼く作者は、『紫式部集』をも踏まえつつ、恋や結婚へと引き結ばれる以前の多様な可能性を湛える世界を新たに大きくみずみずしく創造したのだろうか。ともあれ少女、娘時代の創造としては、『紫式部集』から『更級日記』への系譜は動くまい。

『更級日記』冒頭には、「あづま路の道の果てなる常陸帯のかごとばかりもあひ見てしがな」の古歌を踏まえる「あづま路の道の果て」の表現が置かれ、常陸で生い育った『源氏物語』の女君「浮舟」が暗示されている。また姉とともに物語談義に加わった、歌人としても名高い上総大輔《かずさのたいふ》と呼ばれる人が、「継母」と記されることにも『源氏物語』の影が揺曳《ようえい》する。往時、「継母」とは、おおよそ『落窪《おちくぼ》物語』等で親しまれた「継子いじめ」に繋がる語だった。ところが『源氏物語』では、継子明石の姫君を、実母にも増して慈しむ継母、紫の上が圧倒的な印象を刻む。歌人としての素養を踏まえつつ作者と温かな交歓を続けるその人が、冒頭部を含め四回にわたり「継母」の呼称で登場するのは、その意味で『源氏物語』を深く負っている。つまり家集、浮舟、「継母」と、『更級日記』は冒頭から大きく周到に『源氏物語』、紫式部と切り結ぶ作品であったことを確認したい。『更級日記』は、もとより物語憧憬を確かな軸に据え、だからこそ、その始発となる少女時代をまず提示し、一人の女性の生涯を辿る試みとなった。そこから外れる子どもの誕生や、親の死、また結婚の経緯といった命題が詳述されないのは必然である。

少女のまなざしの拓く世界の豊かさについて具体的に少しだけ触れておく。旅の記は、例えば『百人一首』で名高い「高師の浜」や『伊勢物語』に登場する「八橋」といった歌枕が現れ、往時の和歌の美意識によって織り上げられる世界ともなっている。和歌は王朝の人々のコミュニケーションの道具《ツール》でもあり、その美意識は身近な規範であった。ところが、紅葉等に結んで詠まれる歌枕の一つ「二村《ふたむら》の山」に泊まった夜、作者が心を寄せたのは、「柿の実」の落ちる風景であった。柿は、殆ど和歌に詠まれない。和歌の連想とは遠く、例えば『うつほ物語』における猿の運ぶ実、といったメルヘンの趣を湛える「柿」の静かな落下を掬《すく》い上げる自在な少女のまなざしが印象深い。恋の嘆きやもの思いとは無縁の、固有の夜の温かな風趣は、和歌的な美意識から解き放たれた自在なまなざしによって導かれた。こうしたまなざしは、旅の記に止まらず、例えば中年期、物詣でを繰り返す日々にも不意に立ち現れる。初瀬参詣の道すがら、宿泊した小さな家で、夜半なぜかうろつき回るその家の下男が、徘徊の理由を問われ「釜でも盗まれたりしたら」との心配を打ち明けるのを耳にした作者は、気味悪く思いつつも一方でその意外な滑稽を「をかし」と興じるのだった。先に触れた『蜻蛉日記』の作者は、孝標女の母方の伯母に当たるが、その道綱母《みちつなのはは》の物詣での日々に見た風景は、夫との不和に悩みつつ、そこからの束の間の解放を投影する鬱屈したものだった。それとは異なる軽やかな好奇心は、内なる少女、とも言うべき三十九歳の作者のまなざしの在り方を伝えていよう。

改めて、『更級日記』の主題を確認したい。物語憧憬を軸に、その対極の仏道精進とのあわいを揺れる生、とまとめられようか。物語憧憬、京での物語入手と耽溺の若い日々から、宮仕えや結婚等の人生の種々の体験を経て現実の苦さに目覚めたものの、繰り返される夢告により示された信心を怠り、なお物語耽溺に明け暮れた生を、晩年深く後悔し、阿弥陀仏来迎の夢を僅かな頼みとする、との見取り図はひとまず明快である。この見取り図は、さらにおおよそ往時の文化や宗教の時代状況と奇妙に符合する側面を持つ。

孝標女の誕生は、寛弘五年（一〇〇八）、奇しくも道長の娘、彰子腹の一条天皇皇子敦成《あつひら》親王誕生の年でもあった。『紫式部日記』には、皇子誕生と共に、この年が『源氏物語』流布の確認される年ともなったエピソードも記されている。道長が頼通《よりみち》に摂政を譲ったのは、寛仁元年（一〇一七）、作者十歳のころである。道長から頼通へと、時代はやがて移り行く展開である。

仏法衰退期とされる末法の世の到来となった永承七年（一〇五二）、頼通は宇治の別荘を元に平等院と名付ける寺を造営、翌年には阿弥陀堂《あみだ》（鳳凰堂《ほうおう》）建立となった。末法の世に在って、文化の粋を尽くし極楽浄土をさながらに荘厳美麗に映し出す平等院は、頼通の心の拠り所でもあり、京の人々の宗教的救済のよすがともなったという。頼通の芸術、文化への並々ならぬ関心、造詣の深さの見事な達成としての美しい平等院が、末法の世に人々の心を支えた成り行きは、物語入手の切願を捧《ささ》げた薬師仏、そして来迎の夢に現れる金色の阿弥陀仏等、作者の人生を枠取るように立ち現れる仏の像、姿、そして仏道への指向がいかにも美的な色合いを帯びる趣と一筋の繋がりを見せていようか。また夫の出世や一家の幸福、という現世利益を求めて繰り返される物詣でも、末法の世に在って、微かなよすがに縋《すが》る往時の人々の姿に連なろう。作者の仏道指向の相は、時代の仏教をめぐる状況とまさに響き合うものだった。

さらに、繰り返される物語耽溺故の不信心、という悔恨の裏側には、偽り飾ったことばを連ねるばかりの物語より、揺るぎない仏道にこそ帰依すべきだとする往時の「狂言綺語《きご》」の文芸観が横たわる。十世紀末頃より流布された狂言綺語の思想は、中唐の詩人白楽天の伝える悪とされる文学を、むしろ仏法の悟りに導く方便とすべきだとする考え方をも、一方に併せ持ちつつ、既に『更級日記』の時代には、文芸に親しむ人々の間で合言葉のように使われていたという。顧みれば『源氏物語』執筆の結果、紫式部が地獄に堕ちたという説話も例えば平安末期頃成立の説話集、『宝物集《ほうぶつしゅう》』に見える。中世の謡曲「源氏供養」へと連なる話である。こうした時代の流れの中で、孝標女の物語耽溺、不信心の悔恨の見取り図は、極めて自然な共感を呼ぶものだったに違いない。

一方、今日の読者は、この自然なはずの見取り図に微かな違和感を覚えざるをえない。冒頭部分、そして入手した物語に昼夜を分かたず熱中し、また現実に目覚めたはずの中年期、初瀬参詣の道すがらの宇治川で浮舟を思い起こす作者像から伝わるのは、物語耽溺への悔恨には遠く、みずみずしく躍動する物語憧憬である。しかも実は、藤原定家書写の『更級日記』本文末尾には、孝標女を『夜の寝覚』『浜松中納言物語』等の作品の作者とする奥書《おくがき》（著者名、由来等についての書き入れ）も残されている。定家の見解に基づき、近年、孝標女はこれらの物語の作者でもあることが跡づけられつつある。沢山の物語をさらに生み出したのだとすれば、『更級日記』の悔恨はどこに行ったのであろう。

再び時代の文化状況との連動を思い起こしたい。物語に憧れ、物語を紡ぎ続けた作者は、自らの生の核とも言うべき物語を軸に、一人の女の一生の構築をはかる。その時、末法の世に浄土を夢見る信仰、そして狂言綺語の文芸観を取り込み、自ら選び取ることのなかった、もう一つの道、仏道精進を対置することで、小さな物語にまとめ上げることを試みた。冒頭部の『源氏物語』享受をも含め、その物語は周到に練り上げられている。仏道、悔恨との対置により、逆にもの狂おしくも切実な物語憧憬が鮮やかな輪郭を持ち始める機構は見逃せまい。『更級日記』の魅力は、一見平凡で明快な悔恨の見取り図の周到な組み立てを通して浮上する、止みがたい物語への情熱が、いかにも共感を促す普遍性を得たところに生まれた。さらにそれは、誰もがおおむね持つはずの、選ばなかったもう一つの道への、空しく切ない悔恨をも思い起こさせるものともなっていようか。或いは『更級日記』には、物語作者として生きた孝標女の、それによっては充分満たされることのなかった世俗的栄誉への慨嘆が織り込まれているのかもしれない。ともあれ物語作者たる自らの生の片鱗にも触れないことで、この日記のたぐり寄せた親しみ深い普遍性というものを慈しみたい。軽やかに躍動する江國訳は、こうした『更級日記』の世界の魅力を存分に伝えてくれるはずである。

（はらおか・ふみこ／国文学者　平安朝文学）

本書は、二〇一六年一月に小社から刊行された『竹取物語　伊勢物語　堤中納言物語　土左日記　更級日記』（池澤夏樹＝個人編集　日本文学全集03）より、「更級日記」を収録しました。文庫化にあたり、一部加筆修正し、書き下ろしの解題を加えました。

更級日記《さらしなにっき》

二〇二三年一一月一〇日　初版印刷
二〇二三年一一月二〇日　初版発行

訳　者　江《え》國《くに》香《か》織《おり》
発行者　小野寺優
発行所　株式会社河出書房新社
〒一五一－〇〇五一
東京都渋谷区千駄ヶ谷二－三二－二
電話〇三－三四〇四－八六一一（編集）
〇三－三四〇四－一二〇一（営業）
https://www.kawade.co.jp/

ロゴ・表紙デザイン　粟津潔
本文フォーマット　佐々木暁
本文組版　KAWADE DTP WORKS
印刷・製本　大日本印刷株式会社

Printed in Japan　ISBN978-4-309-42019-6

河出文庫 古典新訳コレクション

古事記 池澤夏樹〔訳〕
百人一首 小池昌代〔訳〕
竹取物語 森見登美彦〔訳〕
伊勢物語 川上弘美〔訳〕
源氏物語1〜8 角田光代〔訳〕
堤中納言物語 中島京子〔訳〕
土左日記 堀江敏幸〔訳〕
枕草子1・2 酒井順子〔訳〕
更級日記 江國香織〔訳〕
平家物語1〜4 古川日出男〔訳〕
日本霊異記・発心集 伊藤比呂美〔訳〕
宇治拾遺物語 町田康〔訳〕
方丈記・徒然草 高橋源一郎・内田樹〔訳〕
能・狂言 岡田利規〔訳〕
好色一代男 島田雅彦〔訳〕
雨月物語 円城塔〔訳〕
通言総籬 いとうせいこう〔訳〕
春色梅児誉美 島本理生〔訳〕
曾根崎心中 いとうせいこう〔訳〕
女殺油地獄 桜庭一樹〔訳〕
菅原伝授手習鑑 三浦しをん〔訳〕
義経千本桜 いしいしんじ〔訳〕
仮名手本忠臣蔵 松井今朝子〔訳〕
松尾芭蕉 おくのほそ道 松浦寿輝〔選・訳〕
与謝蕪村 辻原登〔選〕
小林一茶 長谷川櫂〔選〕
近現代詩 池澤夏樹〔選〕
近現代短歌 穂村弘〔選〕
近現代俳句 小澤實〔選〕

＊以後続巻
＊内容は変更する場合もあります

現代語訳 古事記

福永武彦〔訳〕 40699-2

日本人なら誰もが知っている古典中の古典「古事記」を、実際に読んだ読者は少ない。名訳としても名高く、もっとも分かりやすい現代語訳として親しまれてきた名著をさらに読みやすい形で文庫化した決定版。

現代語訳 日本書紀

福永武彦〔訳〕 40764-7

日本人なら誰もが知っている「古事記」と「日本書紀」。好評の『古事記』に続いて待望の文庫化。最も分かりやすい現代語訳として親しまれてきた福永武彦訳の名著。『古事記』と比較しながら読む楽しみ。

現代語訳 竹取物語

川端康成〔訳〕 41261-0

光る竹から生まれた美しきかぐや姫をめぐり、五人のやんごとない貴公子たちが恋の駆け引きを繰り広げる。日本最古の物語をノーベル賞作家による美しい現代語訳で。川端自身による解説も併録。

現代語訳 義経記

高木卓〔訳〕 40727-2

源義経の生涯を描いた室町時代の軍記物語を、独文学者にして芥川賞を辞退した作家・高木卓の名訳で読む。武人の義経ではなく、落武者として平泉で落命する判官説話が軸になった特異な作品。

平家物語　犬王の巻

古川日出男 41855-1

室町時代、京で世阿弥と人気を二分した能楽師・犬王。盲目の琵琶法師・友魚（ともな）と育まれた少年たちの友情は、新時代に最高のエンタメを作り出す！「犬王」として湯浅政明監督により映画化。

桃尻語訳　枕草子　上

橋本治 40531-5

むずかしいといわれている古典を、古くさい衣を脱がせて、現代の若者言葉で表現した驚異の名訳ベストセラー。全部わかるこの感動！　詳細目次と全巻の用語索引をつけて、学校のサブテキストにも最適。

桃尻語訳　枕草子　中

橋本治　40532-2

驚異の名訳ベストセラー、その中巻は——第八十三段「カッコいいもの。本場の錦。飾り太刀。」から第百八十六段「宮仕え女（キャリアウーマン）のとこに来たりなんかする男が、そこでさ……」まで。

桃尻語訳　枕草子　下

橋本治　40533-9

驚異の名訳ベストセラー、その下巻は——第百八十七段「風は——」から第二九八段「『本当なの？　もうすぐ都から下るの？』って言った男に対して」まで。「本編あとがき」「別ヴァージョン」併録。

現代語訳 徒然草

吉田兼好　佐藤春夫〔訳〕　40712-8

世間や日常生活を鮮やかに、明快に解く感覚を、名訳で読む文庫。合理的・論理的でありながら皮肉やユーモアに満ちあふれていて、極めて現代的な生活感覚と美的感覚を持つ精神的な糧となる代表的な名随筆。

絵本　徒然草　上

橋本治　40747-0

『桃尻語訳　枕草子』で古典の現代語訳の全く新しい地平を切り拓いた著者が、中世古典の定番『徒然草』に挑む。名づけて「退屈ノート」。訳文に加えて傑作な註を付し、鬼才田中靖夫の絵を添えた新古典絵巻。

絵本　徒然草　下

橋本治　40748-7

人生を語りつくしてさらに“その先”を見通す、兼好の現代性。さまざまな話柄のなかに人生の真実と知恵をたたきこんだ変人兼好の精髄を、分かり易い現代文訳と精密な註・解説で明らかにする。

現代語訳 歎異抄

親鸞　野間宏〔訳〕　40808-8

悩める者や罪深き者を救う念仏とは何か、他力本願の根本思想とは何か。浄土真宗の開祖である親鸞の著名な法話「歎異抄」と、手紙をまとめた「末燈鈔」を併録。野間宏の名訳で読む分かりやすい現代語の名著。

現代語訳 南総里見八犬伝　上

曲亭馬琴　白井喬二〔現代語訳〕　40709-8

わが国の伝奇小説中の「白眉」と称される江戸読本の代表作を、やはり伝奇小説家として名高い白井喬二が最も読みやすい名訳で忠実に再現した名著。長大な原文でしか入手できない名作を読める上下巻。

現代語訳 南総里見八犬伝　下

曲亭馬琴　白井喬二〔現代語訳〕　40710-4

全九集九十八巻、百六冊に及び、二十八年をかけて完成された日本文学史上稀に見る長篇にして、わが国最大の伝奇小説を、白井喬二が雄渾華麗な和漢混淆の原文を生かしつつ分かりやすくまとめた名抄訳。

八犬伝 上

山田風太郎　41794-3

宿縁に導かれた八人の犬士が悪や妖異と戦いを繰り広げる雄渾豪壮な『南総里見八犬伝』の「虚の世界」。作者・馬琴の「実の世界」。鬼才・山田風太郎が二つの世界を交錯させながら描く、驚嘆の伝奇ロマン！

八犬伝 下

山田風太郎　41795-0

仇と同志を求め、離合集散する犬士たち。息子を失いながらも、一大決戦へと書き進める馬琴を失明が襲う——古今無比の風太郎流『南総里見八犬伝』、感動のクライマックスへ！

外道忍法帖

山田風太郎　41814-8

天正少年使節団の隠し財宝をめぐって、天草党の伊賀忍者15人、由比正雪配下の甲賀忍者15人、大友忍法を身につけた童貞女15人による激闘開始！怒濤の展開と凄絶なラストが胸を打つ、不朽の忍法帖！

室町お伽草紙

山田風太郎　41785-1

足利将軍家の姫・香具耶を手中にした者に南蛮銃三百挺を与えよう。飯綱使いの妖女・玉藻の企みに応じるは信長、謙信、信玄、松永弾正。日吉丸、光秀、山本勘介らも絡み、痛快活劇の幕が開く！

忍者月影抄

山田風太郎　41822-3

将軍の妾を衆目に晒してやろう。尾張藩主宗春の謀を阻止せんと吉宗は忍者たちに密命を下す！氷の忍者と炎の忍者の洋上対決、夢を操る忍者と鏡に入る忍者の永劫の死闘など名勝負連発、異能バトルの金字塔！

笊ノ目万兵衛門外へ

山田風太郎　縄田一男〔編〕　41757-8

「十年に一度の傑作」と縄田一男氏が絶賛する壮絶な表題作をはじめ、「明智太閤」、「姫君何処におらすか」、「南無殺生三万人」など全く古びることがない、名作だけを選んだ驚嘆の大傑作選！

婆沙羅／室町少年倶楽部

山田風太郎　41770-7

百鬼夜行の南北朝動乱を婆沙羅に生き抜いた佐々木道誉、数奇な運命を辿ったクジ引き将軍義教、奇々怪々に変貌を遂げる将軍義政と花の御所に集う面々。鬼才・風太郎が描く、綺羅と狂気の室町伝奇集。

柳生十兵衛死す　上

山田風太郎　41762-2

天下無敵の剣豪・柳生十兵衛が斬殺された！　一体誰が彼を殺し得たのか？　江戸慶安と室町を舞台に二人の柳生十兵衛の活躍と最期を描く、幽玄にして驚天動地の一大伝奇。山田風太郎傑作選・室町篇第一弾！

柳生十兵衛死す　下

山田風太郎　41763-9

能の秘曲「世阿弥」にのって時空を越え、二人の柳生十兵衛は後水尾法皇と足利義満の陰謀に立ち向かう！『柳生忍法帖』『魔界転生』に続く十兵衛三部作の最終作、そして山田風太郎最後の長篇、ここに完結！

信玄忍法帖

山田風太郎　41803-2

信玄が死んだ⁉　徳川家康は真偽を探るため、伊賀忍者九人を甲斐に潜入させる。迎え撃つは軍師山本勘介、真田昌幸に真田忍者！　忍法春水雛、煩悩鐘、陰陽転…奇々怪々な超絶忍法が炸裂する傑作忍法帖！

菊帝悲歌

塚本邦雄　41932-9

帝王のかく閑かなる怒りもて割く新月の香のたちばなを――新古今和歌集の撰者、菊御作の太刀の主、そして承久の乱の首謀者。野望と和歌に身を捧げ隠岐に果てた後鳥羽院の生涯を描く、傑作歴史長篇。

天下奪回

北沢秋　41716-5

関ヶ原の戦い後、黒田長政と結城秀康が手を組み、天下獲りを狙う戦国歴史ロマン。50万部を超えたベストセラー〈合戦屋シリーズ〉の著者による最後の時代小説がついに文庫化！

天下分け目の関ヶ原合戦はなかった

乃至政彦／高橋陽介　41843-8

石田三成は西軍の首謀者ではない！家康は関ケ原で指揮をとっていない！小早川は急に寝返ったわけではない！…当時の手紙や日記から、合戦の実相が明らかに！ 400年間信じられてきた大誤解を解く本。

東国武将たちの戦国史

西股総生　41796-7

応仁の乱よりも50年ほど早く戦国時代に突入した東国を舞台に、単なる戦国通史としてだけではなく、戦乱を中世の「戦争」としてとらえ、「軍事」の視点で戦国武将たちの実情に迫る一冊。

裏切られ信長

金子拓　41868-1

織田信長に仕えた家臣、同盟関係を結んだ大名たちは“信長の野望”を恐れ、離叛したわけではなかった。天下人の“裏切られ方”の様相を丁寧に見ると、誰も知らなかった人物像が浮上する！

完全版　本能寺の変　431年目の真実

明智憲三郎　41629-8

意図的に曲げられてきた本能寺の変の真実を、明智光秀の末裔が科学的手法で解き明かすベストセラー決定版。信長自らの計画が千載一遇のチャンスとなる⁉　隠されてきた壮絶な駆け引きのすべてに迫る！

史疑　徳川家康

棒葉英治　41921-3

徳川家康は、若い頃に別人の願人坊主がすり替わった、という説は根強い。その嚆矢となる説を初めて唱えたのが村岡素一郎で、その現代語訳が本著。2023ＮＨＫ大河ドラマ「どうする家康」を前に文庫化。

羆撃ちのサムライ

井原忠政　41825-4

時は幕末。箱館戦争で敗れ、傷を負いつつも蝦夷の深い森へ逃げ延びた八郎太。だが、そこには——全てを失った男が、厳しい未開の大地で羆撃ちとなり、人として再生していく本格時代小説！

オイディプスの刃

赤江瀑　41709-7

夏の陽ざかり、妖刀「青江次吉」により大迫家の当主と妻、若い研師が命を落とした。残された三人兄弟は「次吉」と母が愛したラベンダーの香りに運命を狂わされてゆく。幻影妖美の傑作刀剣ミステリ。

異聞浪人記

滝口康彦　41768-4

命をかけて忠誠を誓っても最後は組織の犠牲となってしまう武士たちの悲哀を描いた士道小説傑作集。二度映画化されどちらもカンヌ映画祭に出品された表題作や「拝領妻始末」など代表作収録。解説＝白石一文

伊能忠敬の日本地図

渡辺一郎　41812-4

16年にわたって艱難辛苦のすえ日本全国を測量した成果の伊能図は、『大日本沿海輿地全図』として江戸幕府に献呈された。それからちょうど200年。伊能図を知るための最良の入門書。

伊能忠敬　日本を測量した男

童門冬二　41277-1

緯度一度の正確な長さを知りたい。55歳、すでに家督を譲った隠居後に、奥州・蝦夷地への測量の旅に向かう。艱難辛苦にも屈せず、初めて日本の正確な地図を作成した晩熟の男の生涯を描く歴史小説。

大河への道

立川志の輔　41875-9

映画「大河への道」の原作本。立川志の輔の新作落語「大河への道」からの文庫書き下ろし。伊能忠敬亡きあとの測量隊が地図を幕府に上呈するまでを描く悲喜劇の感動作！

完全版 名君 保科正之

中村彰彦　41443-0

未曾有の災害で焦土と化した江戸を復興させた保科正之。彼が発揮した有事のリーダーシップ、膝元会津藩に遺した無私の精神、知足を旨とした暮し、武士の信念を、東日本大震災から五年の節目に振り返る。

五代友厚

織田作之助　41433-1

ＮＨＫ朝の連ドラ「あさが来た」のヒロインの縁故者、薩摩藩の異色の開明派志士の生涯を描くオダサク異色の歴史小説。後年を描く「大阪の指導者」も収録する決定版。

坊っちゃん忍者幕末見聞録

奥泉光　41525-3

あの「坊っちゃん」が幕末に?!　霞流忍術を修行中の松吉は、攘夷思想にかぶれた幼なじみの悪友・寅太郎に巻き込まれ京への旅に。そして龍馬や新撰組ら志士たちと出会い……歴史ファンタジー小説の傑作。

綺堂随筆　江戸の思い出

岡本綺堂　41949-7

江戸歌舞伎の夢を懐かしむ「島原の夢」、徳川家に愛でられた江戸佃島の名産「白魚物語」、維新の変化に取り残された人々を活写する「西郷星」、「ゆず湯」。綺堂の魅力を集めた随筆選。

風俗　江戸東京物語

岡本綺堂　41922-0

軽妙な語り口で、深い江戸知識をまとめ上げた『風俗江戸物語』、明治の東京を描いた『風俗明治東京物語』を合本。未だに時代小説の資料としても活用される、江戸を知るための必読書が新装版として復刊。

江戸へおかえりなさいませ

杉浦日向子　41914-5

今なおみずみずしい代表的エッセイ集の待望の文庫化。親本初収載の傑作マンガ「ポキポキ」、文藝別冊特集号から「びいどろ娘」「江戸のくらしとみち」「江戸「風流」絵巻」なども収録。

明治維新　偽りの革命

森田健司　41833-9

本当に明治維新は「希望」だったのか？　開明的とされる新政府軍は、実際には無法な行いで庶民から嫌われていた。当時の「風刺錦絵」や旧幕府軍の視点を通して、「正史」から消された真実を明らかにする！

貧民の帝都

塩見鮮一郎　41818-6

明治維新の変革の中も、市中に溢れる貧民を前に、政府はなす術もなかった。首都東京は一大暗黒スラム街でもあった。そこに、渋沢栄一が中心になり、東京養育院が創設される。貧民たちと養育院のその後は…

口語訳 遠野物語

柳田国男　佐藤誠輔〔訳〕　小田富英〔注釈〕　41305-1

発刊100年を経過し、いまなお語り継がれ読み続けられている不朽の名作『遠野物語』。柳田国男が言い伝えを採集し簡潔な文語でまとめた原文を、わかりやすく味わい深い現代口語文に。

たけくらべ　現代語訳・樋口一葉

松浦理英子 他〔訳〕　41885-8

夭折の天才作家・樋口一葉の名作が、現代語訳で甦る！　「たけくらべ」＝松浦理英子、「やみ夜」＝藤沢周、「うもれ木」=井辻朱美、「わかれ道」＝阿部和重。現代文学を代表する作家たちによる決定版。

にごりえ　現代語訳・樋口一葉

伊藤比呂美 他〔訳〕　41886-5

豪華作家陣による現代語訳で、一葉の名作を味わいつくす。「にごりえ・この子・裏紫」＝伊藤比呂美、「大つごもり・われから」＝島田雅彦、「ゆく雲」＝多和田葉子、「うつせみ」＝角田光代。新装復刊。